白神话
山海经故事

带来好运的独角兕

沈启◎著 李欣怡◎绘

孔學堂書局

图书在版编目（CIP）数据

白神话：山海经燃事 / 沈启著 .-- 贵阳：孔学堂书局，2025.3.--ISBN 978-7-80770-696-0

Ⅰ.I277.5

中国国家版本馆 CIP 数据核字第 2025NE3265 号

白神话：山海经燃事

BAISHENHUA SHANHAIJING RANSHI

沈 启 著 李欣怡 绘

责任编辑：何兴健 何 奕
封面设计：刘红刚
责任印制：张 莹

出版发行：贵州日报当代融媒体集团
孔学堂书局
地 址：贵阳市乌当区大坡路 26 号
印 刷：三河市宏顺兴印刷有限公司
开 本：710mm×1000mm 1/16
字 数：420 千字
印 张：42
版 次：2025 年 3 月第 1 版
印 次：2025 年 3 月第 1 次
书 号：ISBN 978-7-80770-696-0
定 价：198.00 元（全 6 册）

角色介绍

陶亮

赢民国的少年。赢民国人除了长有一双鸟一样的爪子，几乎与人无异，他们的手指细长且微微弯曲，骨节分明，指尖异常的尖锐，因覆盖着一层坚硬的角质层，而闪烁着冷冽的光泽。

蒋东

钉灵国的少年。钉灵国的国民形貌与人无异，但他们的腿自膝盖以下覆盖着浓密的毛发，且长着马的蹄子。他们的特点是善于奔跑，无论是疾驰于广袤的草原，还是翻越崎岖的山岭，都如履平地。

阿美和阿丽

生活在聂耳国的美丽少女。聂耳国在一个海岛上，这里的国民长有一双齐腰长的耳朵，每当行走的时候，他们就用双手托着自己的两只大耳朵，犹如托着一件稀世珍宝，这是聂耳国一道独特的风景线。

诸怀

体型像牛，体格健硕，肌肉饱满，头部长有四只角，有的螺旋盘绕，如精美的雕刻；有的直指天空，仿佛能穿透苍穹。面部有一双跟人一样的眼睛，配上一对宽大下垂、阔似猪耳的大耳朵，显得既诡异又威猛。它发出的叫声，不像牛哞，而像大雁在空中翱翔时发出的鸣叫。

兕

形状长得像犀牛，体态肥硕笨拙，头部硕大且狭长，脖子短粗有力，四肢短小粗壮，尾巴又细又短，皮肤紧实而粗糙，整个身体呈青黑色。鼻子前方长有一根既带有威慑力又富有神秘色彩的独角，角身粗长，朝天弯曲，角尖尖锐无比，让人望而生畏。它的出现，能给人们带来好运，说明人间将出现盛世。

序

儿童最好的生命养料

经朋友介绍，有幸认识沈启老师。首次相见，一起吃饭，沈启老师向我简要介绍了以《山海经》为写作素材创作儿童文学作品的事情。在他绘声绘色的讲述中，我能感受到沈老师对古典文学浓厚的兴趣和对文学创作的极大热情。我虽然是中文系毕业，并且多年教语文，但很惭愧没有通读过《山海经》。

后来，沈老师将电子版书稿发给我，希望我写一篇序言。我诚惶诚恐，一来我不是名家大咖，二来儿童文学不是我主要研究的领域。但沈老师让我写序，是对我的信任，而且我们都是山西人，如果能帮一点忙，那是很荣幸的事。更主要的是新教育实验一向很重视儿童阅读，所以，就权当这篇文章是我这个后学者学习沈老师著作的心得体会。

书籍是儿童成长最重要的精神营养。读书不仅有助于儿童养成正确的人生观、价值观和世界观，而且对他们后期的学习乃至终身发展都有深远的影响。大量读书，不仅能激发阅读兴趣、培养阅读习惯、提升阅读能力，而且能丰富知识、增长见识、陶冶情操、增强想象力和联想力。爱阅读的孩子，往往爱学习，勤思考，善钻研。所以，童书对儿童健康成长有极其重要、不可忽视的价值。

新教育实验非常重视儿童阅读。朱永新老师说，“一所没有阅读的学校永远不可能有真正的教育”“阅读，是教育的基石；阅读，也是新教育实验的基石”“营造书香校园是新教育十大行动之首，也是新教育最为基础、最为关键、最为重要、最有特色的行动”。新教育专门成立了新阅读研究所，研制中小学生阅读书目，开发了“晨诵午读暮省”课程。朱永新老师还认为，“一个人的阅读史就是他的精神发育史”“阅读是个体生命走向幸福完整的必由之路”。

我的成长就受益于童书。回忆起童年，最美的时光是阅读连环画的时候。二十世纪八九十年代的山西农村，没有电子产品，没有手机，没有电子游戏，甚至连电都是到了晚上才有。父亲是语文老师，所以重视我的阅读，经常从学校的图书馆借回大量连环画和图书供我阅读。我阅读一本本连环画，沉浸在奇妙、古老、动人的故事中，超越现实环境，神驰古今中外，常常忘记吃饭和休息。用今天的话来说，处于心流状态。我正是在这种无功利的阅读中潜移默化地塑造了价值观，懵懵懂懂地知道什么是对的，什么是错的，什么是应该做的，什么是不应该做的。在这种有趣味的阅读中，增加了识字量，培养了阅读的兴趣、阅读的习惯和一定的阅读能力。从小学到大学，我最喜欢的就是语文课，从来没有为写作文发愁过。后来，我高中学文科，大学读中文系，乃至硕士、博士一路读下来，都与童年时培养的阅读兴趣和阅读习惯有密切的关系。

童书对于儿童生命如此重要，但当下儿童的阅读现状并不乐观。一方面是学校过量地作业挤占了阅读的时间，另一方面是无处不在的电子产品吸引了儿童的注意力。儿童自控力差，很难抵抗电子游戏、短视频的吸引，不少儿童在家抱着手机，沉迷于电子游戏和短视频，有的甚至深陷其中，不能自拔。长期沉浸手机，满足于感官的刺激，就越来越难有耐心阅读纸质书籍，难有沉浸式的深度阅读体验。

因此，为儿童创作优质的童书，让儿童摆脱电子产品的束缚，投入阅读中，不仅有深远的意义，更是现实的迫切需求。从这个角度讲，沈老师的这套神话故事丛书，可以说是又为全国的青少年增加了丰盛的精神食粮。

沈老师笔下的故事充满魅力，有宝贵的价值。现实与神话结合，古典与现代交织，对儿童有很强的吸引力。比如《阿健和人鱼》描写了阿健救母的动人故事。阿健曾经过着无忧无虑的生活，但突如其来的瘟疫让妈妈身患重症。为了能治好妈妈的病，阿健进深山，访名医，学游泳，上海岛，战海盗，救人鱼，最终治好了妈妈的病。故事语言生动形象、描写细腻，故事情节充满幻想、可读性强。从教育功能看，这个故事传递了孝敬父母的传统美德、不畏艰难的坚强意志、保护动物的生态观念，弘扬了中华民族的传统美德。儿童阅读这样的故事，有助于在潜移默化中增强文化自信，塑造正确、健康的价值观。

在众多的童书中，沈老师的童书有鲜明的独特性。童书中，有《男生贾里》这样的校园小说，有《草房子》这样的成长小说，有《汤姆·索亚历险记》这样的冒险小说，有《苏武牧羊》这样的历史小说，有《夏洛的网》这样的童话小说，有《地心游记》这样的科幻小说，还有《第七条猎狗》这样的动物小说。沈老师塑造的故事融历史、传奇、神话于一体，其中的动物、人物形象取材于志怪小说《山海经》。这样独特的构思，不仅使故事有了厚重感，增加了奇幻的色彩，而且有利于激发儿童对古典文学的好奇和兴趣。也许，有的孩子会通过阅读这本书而埋下阅读甚至研究《山海经》的种子，从而在潜移默化中培养热爱中华优秀传统文化的情感。从这个角度讲，这本书为传播古典文学提供了新的思路。正如最近比较火的游戏《黑神话：悟空》，其大量人物造型取材自山西等地的寺庙雕塑，激发了大众对古建筑的兴趣，带动了当地文旅产业的发展。由此也给我们启发：传统文化是储量丰富的资源库，是最能引发大众共鸣的话题，是激发创作灵感的点金石，如何创新运用，值得文艺创作者探究。

这套丛书既适合家长购买给孩子阅读，也适合学校的老师们用来给学生开发儿童阅读课程，如此，更能发挥书籍的作用和价值。我相信，孩子们一定会非常喜欢。最后，期待沈老师能继续为孩子们创作出更多优秀的童书，成为儿童文学界的又一座高峰！

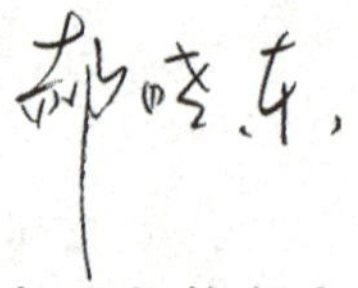

（博士，新网师执行主任）

Contents 目录

鸟爪人陶亮

长有马蹄的蒋东

托耳的少女

可怕的诸怀

带来好运的独角兕

鸟爪人陶亮

赢民国 《山海经》之海内经

原　文 有赢民，鸟足。有封豕。

译　文 有一种人叫作赢民，长着鸟一样的爪子。国中还有一种大野猪。

一、陶亮拿着鹦鹉显摆

在一片宁静的夜色中，在一堆堆熊熊燃烧的篝火旁，聚集了一群有着不同生活背景、年龄层次各异的人。

有身强力壮的男子汉，有温婉柔情的女子，有满头银发的长者，也有活泼好动的孩子……

他们紧紧围坐在篝火的边上，身体的寒冷被热力驱散了，心也被这份共享的安宁温暖着。

在这静谧的夜晚，有的人手握木棍拨弄着火苗，时不时添加些干柴以保持篝火的旺盛；有的人则低垂眼帘，轻声吟唱古老的歌谣，或讲述着祖辈流传的故事，声音宛如溪流般流淌。

这群人似乎有着不眠的习惯，从傍晚时分开始，他们便如星辰伴月般守护着篝火，直到东方破晓，曙光初现。

当第一缕晨光洒向大地，他们才依依不舍地起身，各自踏上了新一天的生活轨道。

有的扛起锄头走向田野劳作，有的背起竹篓步入森林采集，有的回到洞穴照料家人，忙碌而有序地开始了日常的营生。

人们不知道的是，对于这些人来说，在篝火旁坐着，就相当于在睡觉，并非我们通常意义上的熬夜。

他们的神经系统与常人有所不同，他们只要坐在篝火旁，不管睁着眼睛凝视跳动的火焰，还是低声浅唱那些古老的旋律，都是在休息。

他们是睁着眼睛休息的，他们唱歌，就相当于普通人打呼噜。

后来，族长在山里发现了一种芒草，这种芒草长得很奇特，形态犹如棠梨树般挺拔，叶子却是鲜艳夺目的红色，仿佛被炽热的晚霞染红一般。

经过试验和观察，族长惊奇地发现，将这种红叶芒草投入河中，能够迅速毒死河里的鱼群。

这些被毒死的鱼，经过简单的处理，人们食用后并未出现异常，身体反而变得更为强健，且精力充沛，大家的生活习性也因此发生了改变。

从此，人们不再聚在篝火旁，家家户户都盖起了房子，夜晚就回房间里休息了。

他们都是嬴民国的人，乍一看，并无特别引人注目的地方。

但当你将视线从他们的脸上移至他们的双手时，就会发现他们的手指并不像普通人的手指那样圆润修长，而是宛如一双鸟爪。手指细长且微微弯曲，骨节分明，指尖异常尖锐，因覆盖着一层坚硬的角质层，闪烁着冷冽的光泽。

天亮了，最快乐的是孩子，他们无忧无虑，什么也不去想，他们最想做的事就是玩耍。

陶亮手里抱着一只鹦鹉，边走边跟鹦鹉唠嗑。这只鹦鹉是老爹昨天在山里逮的，绿色的羽毛，红色的嘴，长得有点像鸮，它的舌头和人的舌头一样，能学人说话。陶亮非常喜欢，想在小伙伴面前显摆显摆。

贺明从巷子里出来，唐刚也从巷子里出来了。陶亮看到小伙伴们过来，故意装作没看见他们，而是把绿色鹦鹉用手高高托起。那鹦鹉羽毛鲜艳，眼神灵动。

陶亮看着鹦鹉，满眼欢喜地轻声说道：“我喜欢你。”

这只聪明的鹦鹉仿佛能理解人语一般，模仿着他的话回应道：“我喜欢你。”

陶亮紧接着又说道：“我想飞。”

鹦鹉同样重复了这句话，道：“我想飞。”

看到陶亮手里的鸟儿会说话，贺明和唐刚感觉太神奇了。

他们瞪大了眼睛，满脸的惊讶与好奇，他们简直不敢相信，一只鸟儿竟然会说人话。

贺明按捺不住内心的好奇，跑到陶亮跟前，伸出手热情地说道："亮亮，好兄弟，让我也抱抱这只神奇的鸜鹆吧！我也想跟它说几句话。"

然而，陶亮却面露为难之色，小心翼翼地抚摸着鸜鹆的羽毛，回应道："那可不行，万一你抱不好，它飞走了，我就没有了。"

听到这话，贺明脸上的期待瞬间化作了失望，他的头不由得低了下来，眼神中流露出一丝失落。唐刚见状，走上前来，拍拍胸脯保证道："亮亮，让我抱抱呗，我肯定不会让鸟儿飞走，我就抱一下。"

但陶亮依然坚决地摇头拒绝道："抱一下也不行，万一你抱得太紧，把它抱死了怎么办？"

贺明和唐刚看到陶亮不让他们抱鸜鹆，刚才的兴奋劲一下子没有了。

唐刚对贺明说道："咱们去别处玩吧。"两个小伙伴拉着手，带着些许遗憾走了。

陶亮一个人在街上转了一会儿，尝试寻找新的乐趣，不久却发现，没了伙伴们的陪伴，一切似乎都变得索然无味。陶亮感觉也没有意思，就回家了。

二、舍不得给小伙伴吃糖

院子里来了好多人，窗户上的"喜"字透着喜庆，院子里的花争奇斗艳，喜庆的音乐四处回荡。

今天是陶亮的二叔娶亲，乡亲们都过来庆贺。大人们在院子里忙前忙后，小孩子们在院子外打打闹闹、嬉戏追逐。

陶亮今天也非常高兴，大伯给他装了满满一兜喜糖，让他送给小朋友们吃。陶亮最喜欢吃糖了，那甜甜的味道，会让他感到非常惬意。

几个小伙伴看到陶亮出来，便叫他一块儿去玩游戏。

陶亮笑眯眯地说道："你们先玩吧，我把这个糖吃了再跟你们玩，我怕我跑起来让糖把我给呛住。"说完还使劲地在嘴里把糖块转了一下，故意馋大伙儿。

小伙伴们一听陶亮在吃糖，就知道陶亮身上肯定有糖，因为今天是他二叔的婚礼。小伙伴们都喜欢吃糖。

褚顺率先走到陶亮面前说道："亮亮，今天你二叔结婚，这可是个大喜事，也给我分享一块糖呗。"他的眼神中闪烁着期盼与友好，说着笑嘻嘻地把手掌伸到陶亮面前。

紧接着，马腾也走过来，同样伸出空空的手掌，充满期待地说道："亮亮，给哥们儿也尝一块吧。"

其他几个小伙伴闻声而动，纷纷围拢过来，一时间陶亮被一片小手包围，每个孩子都带着期待的笑容，异口同声地请求道："亮亮，给我们也分一颗糖吃吧，下次我们有了好吃的，也分给你。"

陶亮看了看大家伸出的手掌，又摸了摸裤兜，准备往外掏。忽然他又说道："我只能给一个人吃，我身上也没几颗。如果你们吃了，我就没有了。"

马腾道："那就给我呗，咱俩不是最铁吗？以后我有糖了，一定第一个想到你。”

褚顺道：“那就给我呗，上次我还给过你一块烧土豆，这次你给了我，下次我有了还给你。”

剩下的几个小伙伴也纷纷对着陶亮说道：“那就给我呗，我有了好吃的也给你。”

陶亮看到大家伸出的手掌，又把手伸到裤兜里，捏了捏糖果，还是有点舍不得。

不给大家吃吧，陶亮感觉有点不好意思。因为大伯给糖时，刻意多装了一些，说好是让他给孩子们吃的。

陶亮的眼睛狡黠地转了几圈，顿了顿说道：“每个人我都想给，可是又不够；我要是只给一个人吃，那其他几个人就会失望甚至埋怨我。这样吧，我有个办法，我把糖剥了皮拿在手里，每个人轮流在糖上舔一下，这样咱们都能尝到甜头。”

陶亮说完，当真剥开了糖果的糖纸，将糖块举到大家面前。这一举动让小伙伴们愣住了，褚顺看着陶亮手中的糖块，看到陶亮是这种态度，吐了吐舌头，对陶亮说道：“我不要了，还是留着你自己吃吧。”说完就转身走了。

几个小伙伴看到褚顺走了，也都纷纷离开了，只留下陶亮一个人在原地不知所措。

三、不愿意让人穿他的衣服

雨过天晴，外面的空气好清新，隔壁的大哥哥林杰要去水库看看。

陶亮听到林杰在院子里说要去水库玩，就央求妈妈跟林杰哥哥说一声，带上他一块儿去玩。

陶亮妈妈来到隔壁院子里，笑着对林杰说道：“小林，我刚才听见你说要去水库玩，陶亮也想去，你方便带他一块儿去吗？”

林杰听了陶亮妈妈的话，道：“没问题，阿姨。”

陶亮妈妈回到家里，把陶亮叫了出来，一边走一边说道：“你要听哥哥的话，不要太过淘气。”

陶亮道：“好的。”

陶亮刚想跟妈妈说再见，只听妈妈说道：“陶亮，你等我一下。”说完返身回屋里，给陶亮拿了一件外套，让陶亮拿在手里，“万一湖上起风冷了，就把它穿上。”

林杰和陶亮走出巷子，来到大街上，又碰到陶亮的几个小伙伴马腾、褚顺、王宝、贺明、唐刚等，他们也嚷嚷着要去水库玩。林杰便把他们一块儿带上，大伙儿这就上路了。

孩子们有说有笑，一会儿的工夫，来到了水库的大堤上。这两天下雨，湖里的水又增加了不少，有微风吹过，湖面上波纹荡漾，偶尔还有鱼儿跳出水面。

“大家看，那边有钓鱼的。”马腾叫了一声。大家顺着他的声音望过去，在湖堤的左面有五六个叔叔，在水里下着鱼竿。

“我们看看去！”大伙儿都先后嚷嚷着。林杰带大家来到了钓鱼的地方，只见每个鱼篓里都已经有几条钓上来的鱼。大家蹲在旁边看了起来。

王宝看了一会儿，觉得没意思，想过去再看看鱼篓里的鱼，刚好旁边有个水坑，一个不小心摔了一跤，上衣湿了。

林杰急忙跑过去，把王宝的湿衣服脱下来，刚好看到陶亮拿着一件外套。他对陶亮说道：“亮亮，你看王宝的衣服湿了，先把你的那件衣服让王宝穿一下好吗？”

陶亮听到林杰想把自己的衣服让王宝穿，装作没有听见，掉过头去了。

这时只听见林杰高声说道：“亮亮，把你的衣服让王宝穿一下。”

陶亮听到林杰又在叫他，勉强转过头对林杰说道：“我不想让他穿，怕他把我的衣服弄脏。”

林杰道：“脏不了，脏了哥哥回去给你洗，就路上穿一会儿，回去就给你了。”

陶亮道：“我不愿意。”说完低下头不作声了。

林杰看到这种情况，只能无奈地把自己身上穿着的衣服脱下，穿在了王宝的身上，自己只得裸着上身。

四、陶亮和爹爹捕捉冉遗鱼

这天，爹爹准备去山里捉几条冉遗鱼回来给妈妈吃，有时间的话顺便打猎。

妈妈最近老做噩梦，睡不好觉，浑身难受，吃了冉遗鱼不仅能防止做噩梦，还可以预防凶邪。

爹爹也是刚从一个朋友那里学到了制作捕捉冉遗鱼的渔网。

冉遗鱼虽然是鱼，但长着蛇一样的脑袋，还长着六只脚，它的眼睛特别像马的耳朵，生活在河沟里。据说，河沟里的水是从涴水水域流下来的。

陶亮耷拉着脑袋，无精打采地在床上躺着。爹爹决定让陶亮跟自己一块儿去山里打猎。

这段时间，爹爹看到陶亮也不跟小伙伴们出去玩了，不是在床上躺着，就是在屋子里发呆，他觉得陶亮一定发生了什么事，要不不会这样，他想利用进山这段时间，好好跟陶亮聊聊天、谈谈心，沟通沟通。

在蜿蜒曲折的山路上，只有脚步踩在砂石上发出的轻微回响，与偶尔飘过的几声悠远的鸟鸣。

山路上异常寂静，不见任何行人的踪迹。路边的一棵高大杨树上，一群麻雀聚集在枝头，叽叽喳喳地叫唤着，仿佛在热烈讨论着什么。

爹爹边走边关切地问陶亮：“亮亮，我怎么发现你最近不怎么跟小伙伴们一起玩耍了呢？”

陶亮听罢，脸色微微泛红，带着一丝委屈的情绪回应道：“爹，不是我不想跟他们玩，是他们不愿意跟我一起玩了。”

爹爹停下脚步，低头看着儿子，温和却又充满期待地询问道：“这是怎么回事呢？”

陶亮鼓起勇气，将最近几次与小伙伴之间发生的事情一五一十地告诉了爹爹。

原来是因为陶亮在一些小事上过于计较，不愿分享，导致小伙伴们渐渐疏远了他。

听完陶亮的叙述，爹爹若有所思，随后语重心长地说道：“亮亮，这就是你的不对了，身边的每一个小伙伴都是你珍贵的朋友，你要变得慷慨一些，学会与朋友们分享，这样大家才喜欢跟你在一块儿玩。

如果你什么事情都斤斤计较，舍不得付出，久而久之，就没人愿意跟你在一起相处了。

记住，友情的价值，在于相互之间的付出和接纳。只有你懂得跟朋友们和睦相处、乐于分享，你的朋友们才会更加亲近你，你们的关系才会越来越紧密。”

陶亮听了爹爹说的话，点了点头。

父子俩一边聊天一边往前走着。

山道边长着一棵怀树，它的形状像棠梨，树叶是圆的，结出的果实是红色的，看上去非常像木瓜。

爹爹对陶亮说道：“还记得有一次爬山，几个小伙伴都比你强，你落在了最后边。正好今天碰到了这棵怀树，吃了它的果实能够增添力气。”

陶亮听了，高兴地说道：“爹，那太好了，赶快给我摘一个，让我吃了好有力气。”

爹爹道：“如果现在跟你在一块儿的不是爹爹，是你的小伙伴，只有一个果实，小伙伴不想给你，他要自己独吃，你的心里会是什么感受？”

陶亮道：“那我肯定生气呗，我以后就不会理他了。”

爹爹道：“你对这件事会生气，那别的小朋友对你做的事也会很生气，这其实是一个道理。”

陶亮听完爹爹说的话，道：“爹爹，我明白了，我以后再不会小气了。以后不管我有什么，都会与朋友们一起分享。”

爹爹给陶亮竖起了大拇指，道：“这就对了。”陶亮的脸上挂满了笑容。

五、捕了第二条冉遗鱼

山里的野花开得娇艳欲滴，山风吹来，空气中弥漫着花的香味。

陶亮在跟爹爹对话后，心情豁然开朗，明白了小伙伴不理他的原因就是因为自己太自私，而且自己还浑然不觉，还一味地在抱怨小伙伴们的不是，觉得都是他们的错。

一只红嘴鸦从天空中飞过，一路飞一路鸣叫着。陶亮

现在觉得这声音听起来是那么的悦耳动听，他把胸脯挺得高高的，走起路来感觉自己就像一阵风。很快父子俩就来到了河沟边上。

河里的水缓缓流着，他们沿着河沟寻找一个下网的地方。走了一会儿，终于发现河沟中间有一片像水塘一样深的地方，爹爹把渔网撒了下去。

冉遗鱼的耳朵相当灵敏，水里有丁点儿响动它都会快速地游走。在走不掉的情况下，只要旁边有石头，它还能本能地迅速变色，变得跟石头一个颜色，很难被发现并被捕捉。

后来人们知道了它的特性，就制作了这种小型渔网，渔网的上边有一个隐形的小盖，只要它游进网中，碰到网线，小盖就会自动盖住，想跑也跑不掉。人们想要捕捉它，唯一需要的就是耐心。

运气好一个小时就能逮住，运气不好得等好几天。

爹爹把渔网放下去以后，父子俩就盯着河面上的鱼漂。

爹爹掏出旱烟袋，一袋接一袋地吸着。陶亮在旁边拔了好多狗尾巴草，整整齐齐地摆放好，开始慢慢地编蚂蚱玩。陶亮的这个手艺，还是爷爷教给他的。

一个时辰过去了，鱼漂下沉了，爹爹把鱼网拉起来，一条冉遗鱼被困在了网中。

爹爹把冉遗鱼放入鱼篓，准备起身去山中打猎。

这时只听陶亮问道：“爹爹，咱们能再捕一条冉遗鱼吗？”

爹爹疑惑地问道：“这是为什么？”

陶亮道：“我以前跟马腾好的时候，听他讲过他妈妈因为做噩梦，经常在梦中惊醒，大汗淋漓，我想再捕一条送给他妈妈吃。”

爹爹听了陶亮的话，道：“孩子，没问题，可是你原来不是还想打几只野兔子吃吗？这样的话就没时间打野兔了。”

陶亮道：“爹爹，没事，以后有时间了我们再打兔子，如果吃了这种鱼，马腾妈妈的病能治好，我会感到很高兴。”

爹爹欣慰地说：“孩子，爹爹为你能有这种想法感到高兴，你现在终于懂得跟朋友分享了。”

父子俩一直等到快天黑的时候，才捕捉到了第二条冉遗鱼。

六、陶亮去送冉遗鱼

陶亮来到马腾住的院子里，听到马腾妈妈在哭诉：“这什么时候是个头？每天晚上都睡不好觉，我头疼得好厉害。”

陶亮在院子里喊道：“马腾在家吗？”马腾听到陶亮的声音，没好气地回答道：“我在家，你有什么事改天再来吧，现在我家里有事。”

陶亮没有搭理马腾的话，径直走到了屋子里，只见马腾他爹在地下蹲着，一言不发，一个劲地抽烟。

马腾的娘坐在炕上一个劲地抹眼泪，马腾也在边上坐着，正在给他娘揉着太阳穴。

陶亮对着马腾妈妈说道：“大婶好，我以前听马腾跟我说过，你有做噩梦的习惯。我这有一条冉遗鱼，送给你，你吃了就会好。”

马腾一家子一听到冉遗鱼，仿佛看到了一道灵光，瞬间赶走了他们心头的阴云。他们这才反应过来，急忙请陶亮往凳子上坐。

马腾也连忙下地，对陶亮说道：“亮亮，对不起，因为我妈妈的病情，我刚才的情绪有些失控。”

陶亮笑着说道：“没关系，没事的，只要大婶吃了这鱼病能治好，我就开心了。”

马腾怎么也没有想到，现在的陶亮会来个一百八十度的大转弯。以前陶亮做什么事都斤斤计较，想不到现在会主动帮助人。

马腾道：“谢谢你，亮亮，真的非常感谢你，我妈妈快被噩梦折磨坏了，可又没有一点办法。我们也听说过冉遗鱼能治病，可这种鱼太难得了，一般人都捕捉不到，想不到你给送来了。”

马腾的爹爹给陶亮端来了一碗水，道：“亮亮，谢谢你，谢谢你爹。”

陶亮道：“不用谢，叔叔，我跟马腾是好朋友。”

陶亮跟马腾的爹妈又聊了一会儿，就跟马腾一块儿出去玩了。

七、陶亮征得爹爹同意带小伙伴打猎

过了几天，爹爹又要去山里打猎，几个小朋友听说后，也想去，他们找到陶亮，跟他商量，请求陶亮爹爹带他们一块儿去打猎。

陶亮道：“没问题。”

小伙伴们听了，高兴得嗷嗷叫，这时褚顺突然说道：“要是你爹不愿意怎么办？这决定权又不在你这儿。”

陶亮道：“我现在就找我爹去，我一会儿告诉你们。”

陶亮走后，王宝说道：“现在亮亮是变了，如果换作以前，我们一提出来，他肯定就拒绝了。”

褚顺道：“是的，是的，他现在有东西也舍得给我们吃了，不像原来那么小气了。”

小伙伴们你一言我一语，说着陶亮的变化，现在大家都喜欢跟陶亮在一块玩了。

也就一会儿的工夫，陶亮回来了，他告诉大伙，道：“我爹爹说了，谁想去都可以。但是大家一定要注意安全，一定要听我爹爹的话。”

小伙伴们七嘴八舌地回答道：“好的，没问题。”

早晨起来，孩子们早早来到相约的大怀树下，陶亮爹爹过来后，七八个人一起出发了。

进山的路虽然遥远，但孩子们的疲劳被喜悦代替了，一个个精神焕发。来到一片松树林后，陶亮爹爹让大家注意看跑出来的小动物。大家都跟在陶亮爹爹的身后，谁都不敢出声。

一只灰色的野兔从远处跑过，只见陶亮爹爹把长矛掷了出去，嗖的一声，野兔应声倒地，大家高兴地跑了过去。

到下午时，已经打了五只兔子、两只野鸡。陶亮爹爹告诉孩子们，晚上回去给大家炖着吃，孩子们发出一片欢呼声。

这时大家准备回去了，突然唐刚说了一声："陶叔叔，你看那是什么动物。"陶亮爹爹朝唐刚手指的方向看去，只见有一个动物躲在石头后，露着半截白色的尾巴。

他悄悄地绕过去，这个动物像猫，脖子上长着鬃毛，顿时他明白了，这是朏朏。

他告诉走过来的孩子们，需要大伙儿一起活捉这个动物，如果把它养在身边，可以消除人的忧愁。

孩子们既紧张又兴奋，慢慢地围成了一个圈。经过大伙儿一番扑腾，终于把朏朏逮住了。

陶亮爹爹在朏朏的脖子上套了一根绳子，大伙儿高高兴兴地牵着朏朏，踏上了回家的路。

长有马蹄的蒋东

钉灵国　《山海经》之海内经

原　文　有钉灵之国，其民从膝已下有毛，马蹄，善走。

译　文　有一个钉灵国，那里的人自膝盖以下的腿上长着毛，有马一样的蹄子，善于奔跑。

一、钉灵国的孩子们

一望无际的草原上，蓝天如洗、白云悠悠，雄鹰在高空中盘旋，翱翔于天地之间。大地上铺满了随处可见的隐子草，绿油油的，微风轻轻吹过，草丛随风起伏，宛如波浪翻滚，各色野花点缀其间，有黄的、白的、紫的，星星点点。蜿蜒曲折的河流如同一条银色的带子，静静地流淌在草原之中。

一群云雀用独有的绝技，在天空中悬停着鸣叫，一会儿从空中飞向地面，相互嬉戏追逐，一会儿又竖起羽冠，扫视着四周。

棕褐色的草原雕，在西面的水池边展开它的两只翅膀，从天空中猛扑下来，一只逃窜的沙土鼠成了它的猎物。

有七个孩子从草地上飞驰而过，他们走起路来就像在奔跑，他们是钉灵国的少年。

这些孩子有着普通人的相貌、普通人的身体，但膝盖以下的腿部，覆盖着浓密的毛发，闪烁着健康亮丽的光泽。

他们的足部长得跟马匹的蹄子一样，他们的特点是善于奔跑。这些坚硬耐磨的蹄壳，既保证了他们在各种复杂地形中的稳定行走，也使得他们在奔跑时能够达到惊人的速度。

无论是疾驰于广袤的草原，还是翻越崎岖的山岭，他们都如履平地，游刃有余。

生活在钉灵国的人们，以这种独特的生理构造为傲。他们会在每年特定的季节举行盛大的赛跑节庆，以此展现他们卓越的奔跑天赋，和对自由、力量的崇尚。

这群孩子准备去草甸子捕捉野兔，那里的野兔最多，长得又肥又大，兔肉非常的鲜美。

他们跑起来就像马儿一样飞快，野兔在他们的追赶下，有的被累得倒在地上，有的还在奔跑中就被孩子们顺手逮到了手里。

孩子们的身上都系着一根腰带，腰带上有好多小环，每逮一只兔子，他们就挂在腰上。

他们逮了一只又一只，谁逮的野兔多，谁就是胜利者，就会获得一个月的领导权。

在这一个月之内，大伙儿不管做什么事，都得听这个获胜者的。

逮野兔这个游戏，是孩子们对大人崇尚赛跑的延续，他们每一个月举行一次比赛，谁跑得最快，谁就是英雄。

二、蒋东摔倒了

上次获胜的人是吴雄，这次比赛将由上次获胜的吴雄决定何时开始，这也是他本月最后一次发布命令。

只听得他一声令下，道："开始。"大家开始了比赛，在草丛中奔跑起来。

这样的赛事，对参赛者来说，不仅仅要跑得快，还得勇敢，有耐力，面对突发情况时要能果断处理。

最后获胜的那个人，证明了他对这几种情况都处理得比较好，因此获得领导权也是当之无愧的。

这一回，跑在最前面的是蒋东，紧跟着的是胡南，邓光、彭波、白典等孩子紧随其后。

他们在奔跑的过程中，会把兔子从草丛中惊起，这样兔子也跟着开始奔跑，他们也就有了目标。

有两只兔子同时飞奔起来，蒋东和胡南各自追捕一只。

两只兔子不断变换着方向，两个人也同时变换着方向，由于大家都跑得非常快，转弯的时候，胡南不小心把蒋东撞倒了。

胡南连忙停住脚步，上前去扶起蒋东，一边说道："不好意思，把你撞倒了，看伤着没有。"说完就蹲了下去，想看看蒋东的腿到底扭伤没有。

只见蒋东活动了一下小腿，又往前走了几步，感觉没事。他用一种难以言喻的眼神看了胡南一眼，也没有跟胡南说话，用手挥了挥，示意胡南走。

胡南看到蒋东不愿意搭理自己，也就不再停留，快速离开了。

蒋东看到自己示意胡南离开，胡南就真的离开了，没有再留下来安慰自己，心里的火不由得冒了起来。

蒋东心里想："这是在比赛，不是平时玩耍，摔一跤无所谓。把我绊了这一下，如果我的腿摔坏了，那不就惨了吗？我还怎么夺得这次比赛的第一名。"

蒋东越想越气，始终解不开这个心结。后来，他自我开解了一下，又赶忙奔跑着逮野兔去了。然而，他心里始终气鼓鼓的。

三、彭波获得了第一名

这次比赛是彭波获得了第一名，他猎获的兔子最多，腰上都挂满了，不仅如此，他手里还提着两只又大又肥的兔子。

草原上，野兔的繁殖能力特别强，到处都能看到它们的身影，它们对草场的破坏很是惊人，所以大家不得不去捕捉这些兔子。

捕捉兔子，既能为孩子们的肚子提供美味的食物，又

能保证草原的生态平衡，可谓一举两得。

彭波的脸上挂满了笑意，他把兔子放在地上，举起双手向大家表示感谢，感谢大家承让，让他获得了第一名。

他的谦虚赢得了大家热烈的掌声，大家都表示愿意服从他的领导。这意味着这个月的领导权非彭波莫属了，如果有人想争取，只能等下个月了。

蒋东看到大家都在鼓掌，不情愿地拍了两下，心想：要不是我被胡南撞了一下，摔跤了，鹿死谁手还不知道呢！其实那一跤对于比赛结果来说，影响微乎其微，可是蒋东的心里就是不这么想。

彭波讲了几句，说大家要团结、共同努力，随后解散了人群。大家都各自玩去了，只有蒋东心里闷闷不乐的，看什么都不顺眼。

草原上的风自由自在地吹着，空旷无垠的大地没有任何阻挡，钉灵国孩子们的心也像这草原一样坦荡、纯真。但蒋东的心却像大山里随山路转十八弯的溪水，左绕右绕，怎么也绕不完。

邓光赶着一群羊出来放牧，蒋东也赶着一群羊出来放牧，两个小伙伴相遇了。

蒋东看到邓光，热情地打着招呼："邓光，你准备去哪里放牧？"

邓光微笑着回答道："我要去塞拉斯湖那边，听说那边的草十分肥美。你去哪里放牧呢？"

蒋东兴奋地说道："真巧，我也去塞拉斯湖那边。咱们一道走吧！”

邓光欣然同意，道：“好的。”

两个小伙伴各自赶着羊群，高高兴兴地并肩走在一起，一路上有说有笑。羊群似乎也感受到了主人的快乐，它们一边“咩咩”地叫着，一边悠闲地吃着地上的青草，享受着这美好的时光。

四、蒋东跟邓光聊天

一只獾子从羊群边上贼头贼脑地跑过，恍惚间就跑得不知去向。

蒋东道：“你觉得这次比赛公平吗？”蒋东一边询问邓光对这次比赛的看法，一边用余光偷偷观察邓光的表情。

邓光道：“公平啊！这次数彭波逮的野兔最多，领导权当然就是他的了。”

蒋东有点不甘心地说道：“我没有觉得彭波不能当领导，只是为自己感到有点遗憾。”

邓光道：“你遗憾什么呀！大家都在一起比赛。”

蒋东吞吞吐吐地说道：“在比赛的过程中，我被胡南绊了一下，摔了一跤。如果不是这样，也许那天我抓到的野兔就是最多的了。”

邓光听了蒋东说的话，“哦”了一声，然后说道：“你可能不知道，那天跑着跑着，小丁跑到了最前面，后面跟着彭波。草丛中忽然窜出一匹狼，如果不是彭波跟狼搏斗，吓跑了狼，小丁可能就危险了。

小丁特别害怕猛兽，看见了腿就软得站不起来。这还是小丁后来告诉我的，只是彭波不让小丁跟大家说，他认为帮助人是应该的，不值得到处炫耀，所以好多人都不知道。”

蒋东不屑地说道：“那是彭波故意不让小丁说，他想装无名英雄，好让自己当领导。虚情假意！”

邓光听到蒋东这么说话，有点不乐意了，道：“人家彭波没有招你惹你，你为什么这么说朋友？”

蒋东听到邓光这么质问他，也有点生气了，道：“你就是觉得他当领导了，想巴结他，所以你这么说我。”

邓光听了，真是哭笑不得，这哪跟哪啊！邓光道：“我只是站在一个公平的立场说这个问题，我谁也不偏，谁也不向。”

蒋东不依不饶地说道：“光是表面上说得好听，内心里还不知道怎么想的呢！你们这些人一个一个都偏心眼！”

邓光摇了摇头，道：“真不知道你的心里是怎么想的。你这个人不可理喻，我不跟你说了。”

蒋东这时也觉得自己说的话有点过火，忙满脸笑容地对邓光说道：“对不起，我刚才话赶话，说得有点急了。我也是把你当作最好的朋友，才跟你说这些话，你千万别跟别人说。”

邓光觉得很无语，说道：“好吧。”说完自顾自赶着羊群往前走了。

蒋东看着邓光的背影，心里又是一阵恼火，心想：“这些人怎么都这么不可理喻？！”

五、小伙伴们都在躲着蒋东

蒋东找了一个小土坡坐了下来，阳光笼罩着草原，四下里一片寂静。平坦而辽阔的草地，在蓝天的映衬下，让人心旷神怡。

然而蒋东的心却无比寂寞，他的忧伤犹如远处的河流，似乎永远都流不完。也不知道怎么了，最近大家都跟他保持着距离，看到他都会自动避开。

他觉得自己的这些小伙伴都不是好人，没有一个人能理解他，也没有一个人能安慰他。他就像一匹孤独的狼，在草原上踽踽独行。

就在这时，一只百灵鸟在他的眼前跳来跳去。它那自由自在的神情，让人好生羡慕。

不一会儿，一群百灵鸟在这只百灵鸟的召唤下，飞到了蒋东的面前。它们在地上相互追逐着、嬉戏着，尽情玩耍着。

蒋东的心也跟着跳动起来，他心想：“我要是有一对翅膀就好了，那样我想飞到哪里就能飞到哪里，再也不用管这些烦心事。”他开始幻想自己能有一些新面孔的玩伴，而他不知道的是，明明是自己跟自己过不去，过不了自己给自己设的坎，却偏偏要去怨恨别人。

他不懂得珍惜身边的人，陌生的人又怎么可能会对他更好呢？只不过他自己一厢情愿，幻想出来美妙的幻象而已。

当他觉得所有人都对不起他的时候，就到了他该彻底反思的时候了。这是为什么呢？难道真是没有一个好人吗？难道大家都失去了判断一个好人的能力吗？都不是，恰恰是蒋东自己给自己的心套上了枷锁，所以才看谁都像坏人。

起风了，地上跑着的百灵鸟都飞走了。

六、蒋东的心被自己禁锢

蒋东从家里出来，漫无目的地在街上走着。忽然，他看到彭波带着一群小伙伴走了过来，他故意低下了头，装作没有看见。

就在这时，他听到有人喊他的名字，抬头一看，原来是彭波。彭波问道："蒋东，你要去哪里？如果没有事的话，跟我们一起去逮鱼吧。"

蒋东看了大家一眼，发现他们正有说有笑，却没有人看他，心里特别不是滋味。他硬着头皮问了一句："你们要逮什么鱼啊？"

彭波回答道："最近雨水泛滥，听说塞拉斯湖里来了一种鲑鱼，必须得把它消灭掉。如果放任不管，草原上就会大旱，那样的话，咱们养的牛马羊可就遭殃了。"

蒋东听了彭波的话，其实特别想去，他也想一起去看看所谓的鲀鱼到底长什么样，只是抹不开面子。

还没等他开口，只听彭波接着说道：“我听说这种鱼长满了豪猪刺一样的毛发，叫唤起来就像小猪一样，肯定很好玩。你如果没事，咱们就一块儿去吧。”

面对彭波的邀请，蒋东心里恨不得马上就跟他们一起去，但他嘴里却说道：“我今天还真有事，去不了，你们去吧，谢谢。”

彭波道：“好的，等你没事了我再叫你。”说完，彭波就跟大家一起走了。望着大家远去的背影，蒋东心里很不是滋味，他觉得心里空落落的。

蒋东也不知道自己怎么了，他不知道自己现在为什么会变成这样，没有了玩伴，他感到是那么的孤独。他想和大家一起去玩，又怕大家不理他，这种作祟的心理让他整天都神经兮兮的。

他有时候感觉自己快要崩溃了，有时候又觉得，有什么了不起的，我一个人也照样活得好好的。蒋东自己也不明白自己的心理到底出了什么问题。

七、妈妈打开了蒋东的心结

天空上出现了美丽的晚霞，蒋东正坐在窗户前发呆。

妈妈看到蒋东已经闷闷不乐好长时间了，她知道他有心事了。可是蒋东不说，妈妈也不愿意说破，她决定带他出去走走，跟他聊聊天。

妈妈道：“东儿，陪妈妈去外面走走好吗？”

蒋东听到妈妈请求的语气，道：“好吧，妈妈。”

母子俩走出院门，妈妈拉着蒋东来到河堤上散步。

妈妈道：“你最近是不是跟小伙伴们闹别扭了？”

蒋东低声说道：“是的。”

妈妈问道：“这里面有你讨厌的人吗？”

蒋东回答：“有的，有好几个。”

这时妈妈看了看蒋东，亲切地摸了摸他的头，然后对蒋东说道：“咱们玩一个游戏好吗？”

蒋东一听妈妈说玩游戏，连忙说道：“好的，妈妈。”

妈妈这时对蒋东说道：“你现在觉得你不喜欢谁，就把谁的名字念出来。你有几个不喜欢或者讨厌的人，你就念几个人的名字，妈妈不喊停，你就不能停，一直念。”

蒋东听了妈妈说的话，道：“好的。”

他马上开始念起了不喜欢人的名字，妈妈陪着他在河堤上走了好远好远。

慢慢地，蒋东开始对着妈妈抱怨道：“一直念这几个人的名字，念得我口干舌燥，太不舒服了。”

妈妈笑着对他说道：“你要是觉得不舒服了，那就停下不说了。”

蒋东看着妈妈，很是惊讶，不知道是怎么一回事。

妈妈道：“要学会宽恕别人，不要老把别人的错误记在心上，那样你会很累的。宽恕别人的错误，其实就是放过自己。”

直到现在蒋东才明白，原来是自己束缚了自己，自己还一个劲地抱怨别人。

他跑过去抱了抱妈妈，对着妈妈说道："谢谢你，妈妈。"

妈妈看到儿子明白了这个道理，也露出了欣慰的笑容。

八、帮助人是快乐的

很多时候，你做的很多事情，都是你的内心在左右着你。

就像回音壁一样，你对着山谷喊"我爱你"，山谷传回的声音就是"我爱你"；你对着山谷喊"我恨你"，山谷的回音就是"我恨你"。

心结打开了，就体现在行动上，有了好的行动，产生好的结局也就是顺其自然的事。

蒋东找邓光出去玩，来到邓光家里，邓光的妈妈也在。只见她从炕上下来，摸索着要给蒋东倒水喝。

邓妈妈知道是儿子的朋友过来了，行待客之道。

蒋东看到邓妈妈这种情况，急忙走上去扶住邓妈妈，告诉她不用忙，自己一会儿就跟邓光出去了。

他转身问邓光，道："你妈妈的眼睛是怎么回事？"

邓光道："因为上了点年纪，妈妈眼睛开始老花了，看不清东西。"他也很为他妈妈担心。

说者无心，听者有意，蒋东把邓光说的话记在了心里。

过了半个月，蒋东又过来找邓光，他告诉邓光："我有一个好消息要告诉你。”

邓光道：“什么好消息？”

蒋东道：“我听一个朋友说，离这儿一百多里有一座山，山里有一种鸟叫鸪鸐，长得像乌鸦，身上有白色的斑纹，吃了它的肉眼睛就会明亮不昏花。如果你妈妈能吃到鸪鸐的肉，她的眼睛就能看清楚东西了。”

邓光听了蒋东说的话，很激动，给了蒋东一个大大的拥抱，道：“太谢谢你了。”

蒋东道：“不用谢，都是朋友。”蒋东看到邓光对他非常热情，心里就像吃了蜜一样。原来友情是相互的，人的心思都是善良的，只要你对人好，别人也会对你好。

过了几天，蒋东、邓光和小伙伴们一起捕回了鸪鸐，邓光的妈妈吃了鸪鸐的肉后，眼睛变得明亮无比。

九、蒋东成了大伙儿的好朋友

小伙伴们约好今天去塞拉斯湖捉鱼，大家到了湖边后，发现白典的眼睛哭肿了，大家忙问他怎么回事。

原来白典的爸爸得了麻风病，为了不传染给别人，他们只能搭建一个帐篷，让他爸爸一个人在里面吃住，也没有人照顾。

本来白典想去照看爸爸，但是妈妈不允许，因为现在还没有找到治麻风病的方子，他去了非但救不了爸爸，连自己也会被传染。

大家听了白典的话，都表示同情，但又很无奈。

蒋东自从得到妈妈的开导以后，就像变了个人似的，只要谁有事，他都想方设法去帮忙。

他到处打听治疗麻风病的方法，有一天，他终于得到一个消息。在二百多里远的一条河里，有一种植物叫器酸，三年才能结一次果，它的果实可以治麻风病。

获得这个消息蒋东感到很高兴，他马上就去找了白典。白典听到这个好消息，非常感谢蒋东的帮助。但是，路途太遥远了，得走好多天，谁也不知道路上会遇到什么情况。

蒋东看出了白典的担忧，对白典说道："你不要为路途的遥远而发愁，我跟你一块儿去。"白典听了蒋东的话，感动得流下了眼泪。

蒋东道："这都是小事，给你爸爸治好病才是大事。大家都是好朋友，互相帮忙是应该的。"

现在的蒋东，处处为别人着想，他在放过别人的同时，也放过了自己。

人的心态一旦发生变化，他的前进方向也会跟着改变。现在蒋东觉得这群小伙伴都是他非常要好的朋友，再也没有一个跟他合不来了。

托耳的少女

聂耳国 《山海经》之海外北经

原 文 聂耳之国在无肠国东，使两文虎，为人两手聂其耳。县居海水中，及水所出入奇物。两虎在其东。

译 文 聂耳国在无肠国的东边，那里的人能够驱使两只花斑大老虎，行走的时候总是用手托着自己的两只大耳朵。聂耳国在海水环绕的孤岛上，在岛上能看到出入海里的各种怪物。有两只老虎在聂耳国的东面。

一、海岛上的聂耳国

在浩渺无垠的大海中，有一个小岛，被碧波荡漾的海水环绕着，仿佛一颗遗世独立的明珠，镶嵌在蔚蓝的绸带上，充满了奇幻的色彩。

这个岛上有一个国家，叫作聂耳国。聂耳国的国民都拥有一双齐腰长的耳朵。每当行走的时候，他们就用双手托着自己的两只大耳朵，犹如托着一件稀世珍宝，成为聂耳国一道独特的风景线。

在聂耳国的岛上，栖息着两只威猛无比的花斑大老虎。

这两只老虎身披华丽的花纹皮毛，它们力大无穷，却听从聂耳国人的使唤，与人们和谐共生，成为守护这片神奇土地的忠诚卫士。

聂耳国的人很快乐，他们每天没什么大事，不用做什么苦力活就能享受到美好的生活，这是上天给予他们的恩赐。

他们可以在沙滩上躺着晒太阳，也可以在椰子树下吹海风。

唯一让他们感觉到不舒服的，可能就是每天吃饭的时候了：他们吃饭的时候，两手依然要托着自己的大耳朵。

海岛上有大大小小的鱼池，各种类型的鱼就是他们的美餐。

他们饥饿的时候，就把自己的两只耳朵托住，跳进鱼池里，张开自己的大嘴，喜欢吃什么鱼，就让鱼往自己的嘴里游，这是他们天生的灵力。

有时候，老虎会陪在他们的身边，他们与老虎心意相通。

每当聂耳人想吃什么鱼，老虎的眼睛就会盯着那条鱼，那条鱼就会自动游到他们的嘴里。

聂耳人还有一个爱好就是跳高。他们高兴的时候去，不高兴的时候也跳。

孤独的时候，他们就会跳上椰子树顶，坐在椰子树上，望着无边无尽的大海，想着自己的心事。

二、紫色贝壳被摔坏了

阿美和阿丽是形影不离的好朋友，尽管她俩性格迥异。

阿美性格开朗，大大咧咧，总是笑容满面，她的笑声仿佛能驱散所有阴霾，带给周围人无尽的欢乐与活力。

阿丽则是个情感细腻、情绪波动较大的女孩，面对生活中的琐碎小事，她常常会忍不住抱怨几句，或是突然间发些小脾气，但这并不影响她是阿美眼中那个值得珍惜的朋友。

这一天，海面上吹来的风带着独特的凉爽，仿佛从深邃的大海深处携来了一份宁静与惬意。

空气中弥漫着淡淡的咸味，那是大海独有的气息，阿美和阿丽手挽着手，踏在细软的沙滩上，在潮起潮落间，捡拾着被海浪冲刷上来的各式贝壳。

“你看那里！”阿丽突然发出一声惊喜的尖叫，她那双明亮的眼睛，聚焦在了远方一个闪动着紫色光泽的物体上。

这一幕瞬间点亮了阿丽的眼眸，也吸引了阿美的注意，两人迫不及待地朝着那枚神秘的紫贝壳奔去，

一枚极其罕见的巨大紫贝壳，正静静地躺在退去海水的岸边，宛如一颗璀璨的宝石，镶嵌在金色的沙滩上。紫贝壳色泽浓郁，如同深海夜空中的紫罗兰，熠熠生辉。

贝壳上的棱纹细致入微，从远处观赏，就如同一朵绽

放的紫色花朵，美丽而神秘。

阿美满心欢喜，三步并作两步疾步向前，小心翼翼地将这枚珍贵的大贝壳拾起，递给了身边满怀期待的阿丽。

或许是过于激动，或是没有预料到其重量，阿丽接贝壳的时候没有拿稳，导致贝壳脱手而出，恰巧跌落在了一块凸起的小鹅卵石上，瞬间，一个完美的贝壳因磕碰破裂开来，破坏了其原本完整的美感。

阿丽立刻瞪大眼睛,满脸惋惜,她责备阿美道:“你看你,给我递东西也不好好的,现在好了吧,这么大个漂亮的贝壳,就这样被损坏了，真让人生气！”

阿美听后却显得有些无奈和委屈，她辩解道：“阿丽，我们讲点道理好不好？我看到这个美丽的贝壳就想着你会喜欢，所以我才捡起来主动递给你。它之所以掉下去，是因为你没有接住，并不是我的错，你怎么能怪在我头上呢？”

阿丽似乎并不接受阿美的解释，坚持说道：“我不管，反正就是你的错！如果你不去捡那个贝壳，就不会有这种事情发生了。”

面对阿丽的胡搅蛮缠，阿美只能苦笑着摇了摇头，然后选择独自离开这片争吵之地。

阿丽见状，在后面大声嚷嚷道：“别走啊，事情还没说明白呢，你这样走了算怎么回事呀！”

阿美听到这话，心中更是五味杂陈，她感到气愤，但也只能苦笑。她并未回头，而是继续向前走去，不想再陷入无谓的争执，她想让海风带走这场不愉快的争吵。

三、阿美和阿丽一起蹦高

孩子们的记忆像是鱼的，只有七秒，少年人纯真，没有隔夜的仇。过了两三天，阿丽过来找阿美玩。

当她走进阿美的房间，阿美正在桌子边梳头。

少女爱美，阿美正仔细地拿着梳子，一根一根梳着自己美丽的头发，一边梳还一边傻笑着，感觉自己的头发又长长了一点，很快就能到腰间了，那样看上去很是飘逸，在阳光下会更显得动人。

阿美想着想着就高兴地笑了。爱美是人的天性。

阿丽走进阿美的屋子，对着阿美说道："阿美，我们今天蹦高去，看谁蹦得更高。"

阿美爽快地答应道："好的，没问题。"两人手牵手，快快乐乐地走出了屋门。"

她们找了一块空旷的场地，下边全是细软的沙子。

这次的游戏规则简单有趣：她们各自手持一块小石片，在奋力蹦起的瞬间，在椰子树干上刻划出一道横线，看谁留下的印记高，就代表谁跳跃的本领强。为了便于区分，阿美拿的是粗石片，阿丽拿的是尖石片，这样一来，两个人划出的痕迹便清晰可辨。

比赛开始后，阿丽铆足了劲往上蹦，力求将横道划到最高点，但是，每一次阿美都凭借出色的弹跳力稳稳占据上风。

时间一分一秒过去，阿丽发现自己无论如何努力，都无法超越阿美的高度，这种挫败感让她渐渐失去了游戏的乐趣，内心升腾起了丝丝不悦。

终于，阿丽忍不住开口抱怨道：“阿美，你能不能让我一次？我也想体验一下赢的感觉啊！每次看你那么轻松就能跳得比我高，我怎么也赶不上，心里真是憋屈。”

说罢，阿丽噘起了小嘴，满脸写着不甘心。

阿美看阿丽这样，明白她的心情，轻轻笑着回应道：“阿丽，这是你自己制定的游戏规则，我们约定好的，谁跳得高谁就是赢家。现在你怎么反而还为这个生气呢？”阿美的话音里带着对友谊的理解和包容。

阿丽听后低下了头，坦诚地说道：“我知道规则是我制定的，可是我看到自己无论怎么努力都超不过你，那种心情真的很难受。本来是想一起开心玩乐，结果变成了让自己难过。”

阿美见状，体贴地建议道：“既然如此，那我们换个游戏吧。”

阿丽听到阿美的话后，心情迅速好转，脸上的阴霾转瞬即逝，露出了开心的笑容。她知道，阿美是她的好朋友，总是会迁就她的。

四、阿美叫阿丽一块儿吃鱼

阿美站在阿丽家的院门外，轻唤道：“阿丽，在家吗？”

她的声音带着特有的欢快和期待。

阳光穿过婆娑的树影，洒在她笑盈盈的脸庞上，仿佛连空气都因这午前的邀约，显得格外温暖。

门内传来阿丽熟悉的声音：“我在呢！阿美，快进来吧。”

话音刚落，阿美便迈开步子，踏过青石小径，穿过绿意盎然的院子，走进了阿丽的屋子。

进屋后，阿美眼里闪烁着兴奋的光芒，向阿丽说道：“阿丽，你知道吗，我刚刚听说村东头的那个鱼池新来了一种特别美味的鱼，据说肉质鲜嫩无比，口感绝佳。我便想到了你，咱们中午一起去尝尝怎么样？”

阿丽一听，两眼顿时亮了起来，满脸都是惊喜和期待：“好啊，好啊！阿美，真是太谢谢你了，我正愁不知道中午吃什么呢！”

阿美笑容满溢，道：“那就这么说定了，我们现在就过去吧，正好赶上饭点，还能挑几条最新鲜的。”说完，两人手挽着手，一同朝村东头那个充满诱惑的鱼池走去。

阿丽在前边走着，步伐在阳光下闪烁跳跃；阿美在后边跟着，脸上挂着浅笑。两人一前一后，身边还跟着两只老虎，一只雄壮威猛，毛色金黄；一只娇俏灵动，毛色斑斓，一左一右，看上去威风凛凛。它们的步伐沉稳有力，眼神却始终聚焦在阿美和阿丽身上，仿佛能感知主人的一切需求。

鱼池到了，池水清澈如镜，倒映着蓝天白云。

此时，已有几个孩子在池边嬉戏，他们手中握着刚捕捞上来的小黑鱼，津津有味地吃着，满足的笑容洋溢在他们稚嫩的脸庞上。

小黑鱼身长一寸左右，每条鱼的肚子上都点缀着一颗鲜艳的小红点。据说这颗红点是鱼肉鲜美的关键所在，红点越是鲜艳夺目，就意味着鱼肉口感越细腻醇厚，美味无比。

阿美和阿丽被这诱人的景象所吸引，她们相视一笑，不约而同地跳进了鱼池之中。

那两只老虎也紧随其后，踏入水中，并无任何不适，它们安静地跟在她们身后，眼睛跟随着她俩的眼睛转动，她们张开了嘴巴，一条条小黑鱼便滑进她们的嘴里。

“真香！”两个人一边吃着，一边说着，还一边咂着嘴。

过了一会儿，只见阿丽的眼角有泪流出，阿美急忙问道：“阿丽怎么了？没事吧？”

只听得阿丽回应道：“这种鱼有小刺，你也不告诉我，把我的下巴扎了一下，疼死我了。”

阿美道：“鱼不可能没有刺，这个你应该知道吧。吃鱼的时候，自己不得小心吗？我是听说这种鱼好吃，才过去叫你的。”

阿丽道：“我知道鱼有刺，那你也应该再提醒我一下。你过来叫我吃鱼，我感谢你，可是鱼刺要把我的喉咙扎坏了，我该怎么说你呢？”

阿美没有想到，自己本来想叫阿丽吃点好的，谁知道这还能惹着阿丽，阿美想到这，自己也开始生气了。

阿丽发脾气的时候，阿美一般是嘿嘿一笑，不去理会，这样一来，阿丽也会觉得无趣，这个事情也就过去了。但是，人的忍耐是有限度的，日积月累的误会与摩擦，即使是最亲密的朋友也难以忍耐。

这一次，阿美的忍耐达到了极限，当阿丽再度因小事发脾气时，阿美的脾气也终于爆发了。

五、阿丽和阿美吵了起来

阿美的两个腮帮子被阿丽那莫名其妙的怒火气得像充了气的皮球，撑得圆鼓鼓的。

不论是日常争吵，还是芝麻绿豆般的小事，都能让阿丽莫名其妙地生气，这让阿美感到疲惫不堪。

阿美忍无可忍地对阿丽大声喊道："阿丽，你要是这样老发脾气，我就不跟你玩了，太让人受不了啦。"

阿丽听闻此言，脸上的表情瞬间由不满转为了更深的愠怒，她瞪了一眼阿美，略带委屈又颇为生气地反驳道："阿美，你倒好意思说我，明明有些事情你也有责任，却还要说些让我听了更不高兴的话，你到底是什么意思？"

阿美一听这话，心中更是不平，她把头高高昂起，直视着阿丽，语气中充满了疑惑与无辜："我怎么有责任了？难道我叫你出来吃饭有错吗？"

阿丽心中的愤怒再次升级，她的眼神里闪烁出了火焰般的光芒，她咬牙切齿地说道："当然没错，叫我出来吃饭确实没错。但是重点在于，鱼刺扎的是我，不是你。那种突如其来的疼痛，只有我自己知道，难道我不能为此抱怨一下吗？毕竟，我才是受害者！”阿丽的话语里满是对阿美不理解自己痛苦的失望与愤怒。

阿美听着阿丽的辩解，心里犹如打翻了五味瓶，她深吸一口气，试图平息自己内心的愤怒，然后无奈地苦笑着摇摇头。

阿美知道，这次争吵并非只是因为一根鱼刺，而是长久以来积压在彼此心中的不满和误会。

阿美再次开口，声音里带着一丝疲惫与妥协：“阿丽，既然我跟你在一块儿，老惹你生气，惹你不愉快，那咱们以后就不要在一块儿玩了。”

这句话像是沉重的石头，砸在两人友谊的湖面上，激起一圈圈涟漪。

阿丽用一种近乎赌气的口气回应道：“不玩就不玩，你别以为我离了你就活不下去了。我只是说你一句，你何必这么小题大做，还跟我生气。”

阿丽的话音刚落，脚步就坚定地朝东面走去了，每一步似乎都在强调着她的失望与愤怒。

阿美听闻此言，心中更是五味杂陈，她忍不住提高了音量，语气中夹杂着失望与不解，道：“阿丽，你至于这样吗？说话越来越情绪化，不分青红皂白，什么话都说。到底是我的错，还是你的错？这件事究竟是我考虑不周，还是你在无理取闹？我们能不能冷静下来好好谈谈？”

而阿丽没有给阿美任何解释的机会，她加快了步伐，头也不回地继续向东走去，留下了一句冷漠而又决绝的话：“不玩就不玩，谁稀罕谁，还一个劲在这狡辩。”

随着话语消散在空气中，阿丽的身影也消失在了路的尽头，只留下阿美独自站在原地，面对这份破碎的友情，不知所措。

阿美站在鱼池边，望着碧波荡漾的水面，想哭又想笑。她的心里好难过，好不舒服，但随后想想，又觉得自己不值得为这件事难受。

就在这时，阿玲的声音从身后传来：“阿美，咱们去海里划船吧！”

阿美闻声回头，看到阿玲那张阳光灿烂的脸庞，仿佛一抹温暖的阳光照亮了她心中的阴霾。

她用力吸了一口气，把即将溢出眼眶的泪水逼回了眼里，然后对着阿玲微笑着回应道：“好的。”

六、阿丽在椰子树顶望着海面

时间过得真快，半年的时间仿佛只是弹指一挥间。

在这段时间里，阿丽的身体在悄然成长，身材也挺拔了不少，但与之相反的是，她脸上的笑容却日渐稀少，她每天都无精打采，仿佛失去了往日的活力和快乐。

这天午后，阿丽独自一人来到了那棵熟悉的椰子树下。回想起过去，她与阿美在这里嬉戏玩耍，拿着小石片在树干上划出一道道印记，比赛看谁能跳得更高……那些无忧无虑的日子仿佛就在昨天。

而现在，阿丽已经能够轻易地跳上树顶，却再也找不回当初那份纯粹的喜悦和挑战的乐趣。

坐在椰子树顶，阿丽轻轻倚着粗壮的树枝，两只手托住腮帮子，陷入了深深的沉思。

她抬头望向湛蓝的天空，翱翔的雨燕在飞翔，阿丽不禁回忆起曾经的自己也是那样无忧无虑，如同一只雨燕自由自在。

阿丽心中充满了自责与苦涩，她深知，这一切的转变都是由于自己过于敏感和任性。

每当回想起那些因为琐事而引起的争执，尤其是那次鱼刺事件，她都懊悔不已。

因为一时的冲动，让这段深厚的友谊蒙上了阴影，如今她不仅失去了最好的朋友阿美，连一般的朋友也开始疏远她。

那天阳光明媚，阿果坐在椰子树下，目光凝视着远方的大海。

突然，她看到阿丽一个人在沙滩上走着，便亲切地向她打招呼：“阿丽，干吗呢？”

阿丽转过头，微笑着回答道：“我没事，随便走走。”

阿果站起来走近她，提议道：“那咱俩一块儿玩跳格子吧。”

阿丽欣然同意，道：“好的。”

她们找来了一根木棍，在一片质地坚硬的沙滩上，画出了一个九宫格游戏图案。

这个游戏简单却富有挑战性，先由一人站立在九宫格正中央的格子内，脚下放一颗光滑的小石头作为“棋子”，然后抬起一条腿，仅用另一条腿去踢那颗小石头，力求精准地让石头依次进入每一个格子中，一旦踢出界或者未能准确落入目标格子，则算作失败，轮到对方上场。

开始时，两人沉浸在游戏的乐趣中，笑声此起彼伏。阿果展示着灵活的身手，阿丽则凭借精湛的技术也不甘示弱。每一次成功踢进格子，都伴随着欢快的呼声与彼此赞许的目光。

就在一轮激烈的较量之后，当阿丽再次抬起腿，准备将小石头踢向下一个格子时，她忽然想起了阿美，一下子没有了心情。

阿果察觉到阿丽的变化，她的眼神中流露出关切和不解。她扭过头，略带疑惑地对阿丽说道：“阿丽，你怎么啦？看你好像有什么心事。”

阿丽听后，脸上掠过一丝不易察觉的黯然，敷衍道：“没什么，就是不想玩了。”

阿果正玩得高兴，不舍得游戏停下来，于是对阿丽央求道：“好阿丽，咱们再玩一会儿吧，难得这么开心。”

阿丽的情绪并没有因为阿果的恳求而有所好转，她抬眼望着阿果，话语中透露出坚决：“我真的不想再玩了，你自己玩吧，我在这儿看着你。”

阿果对于阿丽的突然转变感到有些错愕和无措，情急之下脱口而出，道：“你怎么这样啊，之前不是还好好的吗？”

这句话像一根针，扎在阿丽本已低落的情绪上，瞬间点燃了她的怒火。阿丽瞪大眼睛，言语间夹杂着委屈与不满，道：“我又不是故意要扫你的兴，既然你觉得我不够配合，那你自己玩好了，干吗非要拽着我不放。”

其实，在阿丽的内心深处，并非有意针对阿果，她只是被对阿美深深的思念所困扰。

阿果面对阿丽突如其来的愤怒反应，感到一阵愕然，很是受伤。阿果胸中积蓄的情绪瞬间化作一股无名怒火，她几乎是咬牙切齿地说道：“我以后再叫你玩，我就是小狗！”

这句话像一道分水岭，划出了两人之间的鸿沟。

说完之后，阿果没有给阿丽任何解释的机会，头也不回地转身离去，只留给阿丽一个倔强而又愤怒的背影。

阿丽眼睁睁地看着阿果渐行渐远，心中却如翻江倒海般汹涌澎湃。

她知道，是自己的情绪失控让原本欢乐的气氛变得如此尴尬和冷淡，尤其是看到阿果伤心的样子，她更是心如刀绞。

阿果走后，阿丽呆立在原地，陷入了深深的自责之中。

她懊恼地紧握拳头，然后无力地垂下，接着在自己头上狠狠地拍了几下，每一次击打都伴随着内心的后悔。

“为什么？为什么每次都不能控制住自己的情绪呢？”阿丽在内心反复质问自己。

她深知自己的情绪波动并非因为阿果，而是源于自身无法释怀的烦恼，然而这种无法妥善处理的情绪，无疑伤害了身边最亲近的人。

七、阿丽爸爸跟阿丽谈心

阿丽的爸爸是个棋迷。这里的人们喜欢在地上画各种各样的棋盘，然后用各种各样的方式比赛，虽然没有奖励，但他们觉得这是一种乐趣，每天从起床就开始不停地思考棋局，其他什么也不去想。

阿丽爸爸的老朋友阿有伯伯，也是一个棋迷，而且是一个很聪明的人。

不管阿丽爸爸怎么在棋盘上出招，阿有伯伯都能一一破解，这让阿丽爸爸很郁闷，他很想把阿有伯伯比下去，于是花更多的时间，想更多的方法去破解。

功夫不负有心人，有一天，阿丽爸爸终于把阿有伯伯的招数破了，他特别高兴，也不再下功夫去钻研棋局了。这时他才注意到，阿丽这段时间的精神状态不是很好。

一天，阿丽在家没有出去玩，爸爸看着阿丽问道：“阿丽，爸爸怎么看你这阵子老没精神？还有，好长时间没看到阿美跟你一块儿玩了，这是怎么回事？”

阿丽听到爸爸的询问，突然鼻子一酸，各种委屈涌上心头，“哇”地一声哭了出来，弄得爸爸莫名其妙，急忙问阿丽：“这是怎么了？”

阿丽止住了哭泣，道：“以前我们非常好，后来我们吵架了，所以就没有再联系了。因为我老爱发脾气，后来阿美就不跟我玩了。”

爸爸道：“孩子，不能老发脾气，不能以自我为中心，什么事情都是相互的。冲动是魔鬼，谁都有脾气，但谁都不喜欢爱发脾气的人。一个好好的场面，大家都开开心心的，如果你发脾气，就会弄得大家很尴尬，弄得大家不开心。假如换做你，阿美天天跟你发脾气，你乐意吗？”

爸爸接着说道：“人不怕犯错误，怕的是犯了错误不知悔改。如果你知道自己错了，就应该主动找到阿美，给她赔礼道歉，这样才能挽回你们的友谊。不能觉得自己拉不下脸，放不下面子，就还固执己见地坚持自己的错误，这是非常要不得的一种心态。”

阿丽听了爸爸的话，道：“爸爸，我知道错了，我以后一定改正我爱发脾气的坏习惯，做一个人人喜欢的好孩子。”

爸爸道：“孩子，这样做就对了，爸爸相信你会改好，也相信阿美会重新接纳你。你们还小，要走的路还很长，一定要学会互相理解和包容，这样才能友谊长存。”

阿丽道："好的爸爸，我知道了。"

八、阿美和阿丽和好了

天空中飘洒着绵绵细雨，那如丝如缕的雨滴轻抚着大地，为这个宁静的小岛披上了一层薄薄的水雾。

大多数人选择在家中享受这份静谧，他们坐在窗前，静静地欣赏窗外被雨水洗涤过的清新世界。

远处的山峦，近处的屋檐，在雨幕中若隐若现。

有几个年轻人不畏风雨，他们手牵手，在沙滩上悠然漫步，任凭小雨打湿他们的衣裳，也抵挡不住那份张扬的青春气息。

海浪轻轻拍打着海岸线，发出低沉而有节奏的声响。

阿丽此时的心思，也从那几个浪漫的年轻人身上掠过，她心想：这样的天气，阿美多半会选择留在家里，那就趁此机会去找她吧。

阿丽踏上了通往阿美家的小路，心中满载着与阿美重逢的期待。

阿美此刻正独自坐在窗边，凝望着屋外细细密密的雨帘。

就在这时，院子里传来了熟悉的声音："阿美，你在家吗？"那是阿丽清脆而又略带激动的呼唤。

"我在呢，你快进来吧。"阿美回应道，声音里带着一丝惊喜和期盼。

很快，阿丽的身影出现在门口，尽管小雨只让她的头发微微湿润，但阿美还是迅速起身，从柜子里取出一块干净的毛巾递给了阿丽："快擦擦头发，别着凉了。"

这一举动满满都是朋友间那种无微不至的关怀和温暖。

阿丽来到阿美面前，眼眸中闪烁着真诚与愧疚，她用平稳的语气对阿美说道："阿美，我这次特意来找你，是想真心实意地向你道歉。过去都是我不懂事，一时的冲动和愤怒，不仅伤害了你，也给自己带来了痛苦，我感到非常的懊悔和自责。"

阿美听后，眼中流露出释然与宽容，她轻轻一笑，道："没事的，阿丽。有时候我也太小心眼，遇到事情容易往心里去。我没有主动去找你化解矛盾，也是我的不对。现在我们把彼此的心结都打开，过去的那些误会和不愉快，就让它们随风飘散吧。"

阿丽得到阿美的宽恕与谅解，心中满是感激，她握住阿美的手，坚定地说道："阿美，我真的非常感谢你的理解和大度。从今以后，我保证不再无缘无故发脾气，如果再有情绪失控的时候，我希望你能毫不客气地指出我的错误，我会虚心接受，绝不会怪你一丝一毫。"

阿美见阿丽如此诚恳，笑着回应道："好的，阿丽，我会记住你说的话。"

突然间，阿美露出了俏皮的表情，眼睛里闪烁着狡黠的光芒，她紧跟着说道："不过可别忘了，这是你自己说的哦，不许反悔！”两人相视而笑，气氛瞬间变得轻松愉快起来。

随着阿美的一句玩笑话，两个孩子再次嬉闹在一起。

阿美提议道：“雨还在下，我们就趁现在一起去沙滩上玩一会儿，体验一下雨中的乐趣。”

阿丽一听，满心欢喜地回应道：“好啊，我们已经很久没有一起痛快地出去玩过了，今天一定要玩个尽兴！”

两个小伙伴紧紧拉住彼此的手，带着久违的笑容，一同奔向那被雨水滋润的沙滩。

九、在海岛的最高处看鸟

今天是个特别的日子，大伙儿按照之前的约定，去海岛的最高处看鸟。

第一个到达的是阿美，她总是那么准时。紧接着到达的是阿丽，两人见面后便亲昵地拥抱在一起，似乎有说不完的话。

随着时间的推移，陆陆续续过来的还有阿玲、阿果、阿坚、阿玉、阿珍、阿萍以及阿芙等十来个小伙伴。

当所有小伙伴聚集到一起时，现场气氛愈发热烈起来，大家互相打趣，嘻嘻哈哈，你推我搡地玩闹着。

就在这热闹非凡之际，活泼好动的阿果一个不小心踩到了阿丽的脚上，刹那间，阿丽疼得眉头紧锁。

阿果看着阿丽强忍疼痛的笑容，心中五味杂陈，她懊悔地咬了咬嘴唇，诚恳地说道："阿丽，对不起，我太不小心了，让你难受了。如果疼得厉害，我们就先处理一下伤口再出发吧。"

阿果伸出手，想去触摸阿丽受伤的脚踝，却又怕触碰到痛处而犹豫不决。

阿丽见状，依然保持着笑容，她拍拍阿果的肩膀，安慰道："阿果，别那么紧张，我知道你不是故意的，人总有不小心的时候。你看，虽然破了点皮，血印子也挺深，但这都是小事，擦点药膏很快就会好的。"

阿美的目光始终没有离开阿丽的脚，她看着那肿起的部位和刺眼的血痕，小心翼翼地蹲下身，然后轻声建议道："阿丽，要不我还是背你过去吧，这样至少能减轻你行走时感到的疼痛。"

阿丽坚决地拒绝了阿美的提议，她摇摇头，声音中带着坚忍与理解，道："真的不用，阿美。如果你背我，阿果会更加内疚自责，我不想加重她的心理负担。而且，这点小伤难不倒我，我坚持一下就没事了。"

大伙听了阿丽的话，纷纷向阿丽投来赞许的目光，并由衷地夸奖她的大度和体贴。

大家感叹着，现在的阿丽变得成熟、善解人意了，仿佛一夜之间长大了许多。

这样的变化使得伙伴们更愿意和阿丽相处了，因为她不仅能够包容别人的错误，还能体谅他人的内心感受。

尽管阿丽一瘸一拐地走在队伍中，但她脸上始终挂着坚强的笑容，这份笑容犹如一道阳光，照亮了整个团队前行的道路，也让每一个人深刻感受到了包容的力量与美好。

大伙儿轮流搀扶着阿丽，沿着蜿蜒曲折的山路，向海岛之巅全速前进。

大约半个小时后，他们终于成功抵达了目的地——海岛的最高点。

山顶上，视野开阔，海风轻拂，吹散了行进中的疲惫与汗水。大家纷纷驻足，欣赏起这壮丽的海岛风光。

此时此刻，成群结队的海燕在水天之间穿梭翱翔，它们如同一把把银色的剪刀，在波光粼粼的海面上，剪出一道道优美的弧线。

与此同时，红脚鲣鸟独特的红色脚掌点缀在碧蓝的大海上，随后它们展翅飞翔，不时潜入水中捕食，忽而又跃出水面，生动活泼。

乌燕鸥和海雀也不甘示弱，它们在空中翻飞盘旋，一边飞行，一边发出清脆悦耳的鸣叫声，仿佛在歌唱着自由与生命的乐章。

这群水鸟不怕狂风暴雨的洗礼，它们以大海为舞台，以天空为画布，它们勇往直前、坚韧不拔的精神，感染着每一个站在山顶上的孩子。

可怕的诸怀

诸 怀　《山海经》之北山经

原 文　又北二百里，曰北岳之山，多枳棘刚木。有兽焉，其状如牛，而四角、人目、彘耳，其名曰诸怀，其音如鸣雁，是食人。

译 文　再往北二百里，有座北岳山，山上有很多枳树、酸枣树和檀树、柘树一类的树木。山里生活着一种野兽，外形像牛，却长着四只角、人的眼睛、猪的耳朵，它的名字叫诸怀，发出的声音如同大雁鸣叫，它以人为食。

一、羊倌老全

老全是个经验丰富的羊倌，他养的羊又肥又大。每天天刚蒙蒙亮，老全便早早起床，从村里走出十多里地，找到又肥又美的草地，让羊儿们饱饱地吃上一顿。后来，他觉得这样太麻烦，就在山坡上建了个羊圈，只偶尔回村里给自己取点吃的。

老全有一只形影不离的牧羊犬，名字叫老鼠仔，虽然听起来有些奇怪，但这条狗却非常凶猛，一点也不像老鼠那样胆小。

老全听村里的老人们讲过，给动物起的名字越“贱”，动物越好养活。也不知道是从哪个老人那里听来的，但他认为，老人讲的话就是道理，但凡是老人讲的，他没有不听的。

老全的羊养在山坡的暖坡上，每天太阳都能照过来。

羊圈里有一百多只羊。对老全来说，最美好的事情就是看着羊儿们悠然吃草，自己则坐在一旁，抽着烟袋锅，吸得烟锅嘴发出“吧嗒吧嗒”的声音，火星一闪一闪的。

每当想到母羊又生下小羊，小羊长大后又能生下小羊，老全就会忘记自己在土坡上被风吹得灰头土脸的样子，嘴角总会不自觉地上扬，露出憨厚的傻笑来。

山坡上的草丛疏密有致，四处散落生长着，羊群也东一群、西一堆地散落在各处，随着草地的延伸而缓慢前行。

老鼠仔在山坡上漫无目的地跑着，但它从不跑远，而是时刻关注着羊群的安全，即使偶尔跑到远处，也会很快折返回来，继续照看羊群。

羊群对于老全而言，如同生命一般宝贵。他手握羊铲，却舍不得用来打羊，即便羊群调皮捣蛋，他也只是提高嗓门呵斥几句，从未真正动手。

直到有一天，老全早晨起来数羊的时候，发现羊少了几只。他记得昨晚睡前还一一数过的，并没发现任何狼或其他野兽的踪迹。

这让老全的脸色很难看，瞬间变得苍白如纸，仿佛有人正用无形的刀子在他心头一下一下的割划，那种失去的痛苦和无助感，如同寒风般刺骨锥心。

二、老全的羊丢了

老全此刻正皱着眉头，绕着自家羊圈仔细地察看。地上清晰的牛蹄印和羊蹄印交错着，却唯独没有人的脚印，这让他心头一紧。

他瞥了一眼正在不远处吃草的几头老黄牛，心里更加确定，这次的事情绝对不是村里人所为。

然而令他费解的是，平日里警觉性极高的老鼠仔，平静地躺在狗窝里，并没有汪汪大叫，这让他有点想不通。

老全走到狗窝前，满心疑惑又带着一丝怒气，想要踢醒老鼠仔，但他又无奈地叹了一口气，只是拿脚轻轻地拱了拱老鼠仔，发现它没有动，仔细一看，老鼠仔已经死了。

一股寒意顿时从老全的脚底直冲头顶。这突如其来的变故，让他内心充满恐惧。究竟是什么动物能在悄无声息中弄死老鼠仔？

老全回到村里，想找乡亲们商量一下处理这诡异事情的办法。

刚到村口，老全就看到好多村民聚集在一起，大家七嘴八舌，有的说自家的羊不见了，有的说自家的鸡不见了，村里也发生了同样的事情。

人们问老全发生了什么事，怎么回村来了。老全告诉大家，他的羊丢了。

老全又问大家是不是什么野兽来过，问大家有没有看到。大家都说没有看到，只有住在东头的一个婆姨说，她晚上听到有雁叫声。

这位婆姨的话音刚落，人群中便传来一阵笑声，毕竟大雁不可能在晚上活动，更别提在夜里鸣叫了。

面对众人的质疑，那个婆姨坚定地说道：“我确实听到了雁叫声，其他的我不清楚，但我知道自己没听错。”尽管如此，大家依然一笑而过。

郁闷的老全围着村子转了好几圈，他瞪大眼睛，试图找出一点蛛丝马迹，可除了牛马的脚印、羊脚印、狗脚印和人脚印外，再也没有其他可疑的痕迹了。

老全感到非常失望，心里很难受，他第一次想大喊大叫，他想站到山坡上，发泄一下内心的愤怒。

三、一只怪兽出现在羊圈里

自打上次的事情发生后，老全就陷入了一种持续的紧张与不安中，每当夜晚降临，他总是时刻保持着警惕，没有再睡过一个安稳觉。晚上睡觉时，也总是留着一只耳朵，留意外面的动静。

月亮升起来了，如同一把半开的弯刀挂在天际，洒下的月光将土坡染上一层朦胧而神秘的银色。

羊圈里的羊群入睡了，一个挨着一个，挤作一堆，沉

睡在这宁静的夜晚。

老全躺在羊圈边上搭建的木棚子里，眼睛微微闭合，但内心却丝毫没有放松。

老鼠仔死后，老全没有找到新的猎犬，他陷入了这种夜不能寐的状态，只能依靠自己敏锐的听觉，小心翼翼地监听着四周的一切动静。

突然，一阵熟悉的雁叫声划破了寂静的夜空，就是那天村里婆姨说的雁叫声。

声音虽然不大，但在广阔无垠的野地里，却显得格外清晰刺耳。老全瞬间警觉起来，他迅速拿起身边的长矛，蹑手蹑脚地蹲在木棚口。

月光下，一个巨大的身影逐渐显现出来。它看上去像头牛，体格健硕，肌肉饱满。然而，仔细观察其特征，其头部的角不同于普通的牛，竟然长有四只角，且形态各异，其中两只角螺旋盘绕，另外两只直指天空，仿佛能穿透苍穹。

它有一双跟人一样的眼睛，明亮而深邃。配上一对宽大下垂、酷似猪耳的大耳朵，显得既诡异又威猛。

它发出的叫声，不像普通牛的牛哞，反而像是一群大雁在空中翱翔时发出的鸣叫。

这只怪兽拥有强大的力量和敏捷的速度，一旦发现猎物，它会毫不犹豫地发动攻击。

老全大喊一声，那只怪兽并没有逃跑，反而继续向羊圈步步逼近，目光如炬，死死盯着前方，让人不寒而栗。老全终于明白了老鼠仔离奇死亡的原因，它是被这突如其来的恐怖景象吓死的。

情急之下，老全捡起地上的一块石头，用力向怪兽掷去。

虽然石头准确无误地击中了怪兽，但它非但没有表现出丝毫惊恐或退缩，反而转过身径直朝老全走来。要知道，老全的扔石技巧可是经过长时间苦练的，几乎百发百中、精准有力。

面对如此异常的情况，老全立刻做出反应——拿起长矛瞄准怪兽，投掷出去。就在这一刹那，怪兽从他的视线中消失了，仿佛化作一股无形的力量消散于空气中。老全身上的汗把衣服都浸湿了。

冷风吹来，吓得老全打了好几个哆嗦，惊魂未定的老全顾不上多想，迅速退回木棚内，再次取了一把长矛，迅速拿在手中。

四、怪兽的名字叫诸怀

老全像往常一样在山上守夜，却遭遇了前所未有的恐怖情景。

这个像牛一样的怪兽，长着一双红彤彤的眼睛，嘴角流着涎水，看上去异常凶猛，老全也不知道它叫什么名字。

老全投出长矛后，这个怪兽的速度快得惊人，几个跳跃就消失在了夜色中。

漫长的黑夜终于结束了，天空开始发亮，老全也顾不上羊群的安全了，他脸色苍白、浑身发抖，跌跌撞撞回到了村里。

他找到村里最有威望的一位老者，把自己遇到的情况说了一遍，详细描述了怪兽的模样。老者听后脸色大变，告诉他这个怪兽名叫诸怀，是一种极其凶残的猛兽，它不仅吃羊、吃鸡，有的时候甚至还吃人。

老全把情况报告了村长，村长召集全村人来商议。村民们感到前所未有的恐慌，大家决定成立护村队，还制造了很多长矛和弓箭，要想办法找到诸怀，把它杀死。如果放任不管，那后果不堪设想。

护村队成立了，老全也加入了其中，因为他的羊就是最好的诱饵，诸怀可能还会找上门来，同时他明白自己有责任保护村民和自己的羊群。

随着时间的推移，护村队开始进行训练，学习如何追踪、捕杀诸怀。他们还设计了一套警报系统，一旦发现诸怀的踪迹，就立刻点燃特制的鞭炮示警，召集村民们合力围剿。

然而，半个月过去了，村民们始终没有发现诸怀的踪迹。大家开始放松警惕，认为怪兽可能早已离开。老全还是放他的羊，但是大伙提议，一旦有事发生，就点燃特制的鞭炮示警。

老全又养了一条狗，叫虎子。没有狗子示警不行，每天熬夜能把人熬成骨头渣，再好的身体也受不了。有了狗子，睡觉示警两不误。

十五的月亮十六圆，这一夜，月亮分外圆，月光分外皎洁，照得山上的草木越发清楚。半夜时分，老全突然被一阵骚动惊醒，虎子也在狂吠。老全拿起长矛赶紧跑了出去，可还是晚了一步，他发现羊圈里已经少了三只羊，地上流淌着斑斑血迹。

看来诸怀又登门了，没有发出任何声响就完成了猎杀。脚步声轻得连狗子都听不见，得手后才发出声音，这足以证明这只怪兽的狡猾。

五、大伙聚集在村长家里

天亮后，老全把情况跟护村队说了一遍，大家讨论后，形成了两种意见：一种是守株待兔，在老全的羊圈周围设伏；一种是主动出击，想办法寻找诸怀的踪迹。

大伙都聚在村长宋成家里，男人们手里都拿着一个烟锅和烟袋，屋子里烟雾缭绕，就像是一层薄薄的雾。

这些男人长年累月早已养成这种习惯，他们没有感觉到一点不舒服，都在想着怎么制服诸怀。

瓷碗里盛着白开水，宋成这两天有点感冒，村里人讲究喝水能出汗，认为汗出了，病就好了。那时候没有什么药，人们要是有个头疼脑热，全靠自己扛。

如果不是发生这样的大事，谁也不会打扰宋成，可现在没办法了，谁让他是村长呢，就他的脑袋瓜子好使，聪明、想法多。

碗里没水了，一个青年小伙赶快提着壶给加满。碗里冒着热气，宋成把水端起来一口喝了下去，也不怕烫着胃。

庄户人没有那么多讲究。

宋成轻轻地抿了一口，放下碗说道：“目前，在羊圈周围设伏，是最简单、最省事、最直接的办法。但它的弊端是，那么多人在羊圈周围不易布防，一旦被诸怀发现，它不会上当。还有就是诸怀什么时候来，是天天等，还是隔段时间等。如果派两三个人和老全一起，既能第一时间报警，又能保证老全的安全；如果主动出击寻找，有可能需要翻山越岭，比较辛苦，但好处是，一旦发现线索，就可顺藤摸瓜，找到诸怀的老窝，这样就能设法捉住它。我的意见是两手抓，既要抽出人来设伏，又要主动出击，有事相互支援。大家也都说说话，出出主意。”

大伙儿沉默着，老全突然开口说道：“我同意村长的意见。诸怀神出鬼没，等不是最好的办法，它今天去这个村，明天去那个村，大伙在一个地方等，不仅等不到，还处于被动。不如我们主动出击，虽然辛苦，但可能更有效。盲目地出去寻找也不是办法，不如派两三个人在羊圈设伏，可以轮流值班，这个办法更可行。”

大家都表示赞成宋成和老全的说法，又议论了一会儿，安排了具体的人和事，为进行下一步的活动做准备。

六、在羊圈设伏

傍晚时分，老全把羊都赶进了羊圈，牧羊犬虎子也在羊圈的周围来回转悠。老全点燃了一锅烟，坐在羊圈旁边的一块青石上，吧嗒吧嗒地吸着，不时还用鼻子使劲嗅嗅。

空气中混合着羊膻味，这味道是老全最爱闻的。

远远望去，村里已经上灯了，微弱的光亮照着这安静的小山村。

老全从木棚里取出一块窝头，津津有味地吃了起来，他又看了看羊圈周围的陷阱，确认一切都已安排妥当，才返回了木棚。

外面响起了脚步声，老全知道是和他一起设防的村民过来了。他们每天两人一组，轮流陪伴老全，以防怪兽来袭。

为了感谢每天过来的村民，老全拿出炒好的豌豆让大家吃。山里没有什么好东西，这已经是他能拿得出手的最好的吃食了。

山里人厚道，话也不多，男人们喜欢抽烟，自己在地里种出旱烟，晒干后，用石碾子碾碎，装在烟袋里，无事的时候就拿出来抽上几口。这种烟劲比较大，辣口，一般人吸不惯。

男人们把老全递过来的豌豆放到桌子上，拿起老全的烟叶抽了起来。

忽然，门外传来了羊叫声，老全赶紧走出去，恰好看到慢慢前行的诸怀。

他返身拿起长矛，和另外两个村民一起，准备从不同的方向同时向诸怀投掷。诸怀看到三个人影和他们手里的长矛，也顾不得吃羊，转身就跑了回去。

老全他们三人的长矛同时掷了出去，但还是没有打中诸怀，让它逃走了。

老全赶快把报信的鞭炮点燃，只听“嗖”的一声，鞭炮在空中炸响。随即天空中传出陆陆续续的鞭炮声，发出明亮的亮光，各个方向的护村队开始出动了。

七、诸怀又一次逃脱了

星星在天际闪烁着微光，宛如无数只明亮的眼睛，注视着地面上的一切动静。月亮高悬于夜空，洒下一片柔和清冷的光辉。

在这朦胧的月色中，老全带着两个村民，他们各自紧握手中的长矛，聚精会神地追踪着诸怀留下的足迹。

老全是个经验丰富的人，他吸取了上次的教训，早早地将自家饲养的羊群托付给他人照料，以确保此处只有羊、狗和人的脚印，这样就不会干扰到对诸怀牛蹄印迹的辨认。

三人举着燃烧的火把，沿着崎岖不平的山路，步步紧跟诸怀的踪迹，一直追到了村子南边那条深邃的大沟处。

沟内水流湍急，夜间视线受限，贸然行动极其危险，经过慎重考虑后，他们决定暂时撤回，等天明了再继续追踪。

次日清晨，朝阳初升，各护村队的二十多名年轻力壮的小伙子，纷纷来到村口集合。

昨夜那一串报信的鞭炮声，已将诸怀潜入的消息传遍整个村落。大家精神抖擞，装备齐全，有人背着沉甸甸的大刀，有人手持长矛，还有的拉开了强弓硬弩，一个个摩拳擦掌，急切地想要捉拿那个让村庄不得安宁的诸怀。

在统一的调度与指挥下，大家以各村为单位，组成若干小队，明确分工，密切协作，直奔那条藏匿着诸怀踪迹的大沟而去。

早晨的沟壑中，野花含露，露珠晶莹剔透，在初升阳光的照耀下闪闪发光。两岸水草丛生，繁茂杂乱，显示着勃勃生机。

此刻正值汛期，河水浩浩荡荡，水流湍急。这个季节里，大伙儿通常都会避开这条河沟，以免发生意外。

毕竟，以往每年发大水的时候，都有人畜被冲走的惨痛教训。

众人追踪到河边，发现诸怀的脚印在岸边消失了，仿佛凭空消失一般。

大家猜测它是趁夜色从水中逃走了，但河水时涨时落，有时候水位陡然升高，即使牛羊这样的大型动物，也可能被卷走，所以，仅凭猜想是无法确定诸怀去向的。

大伙儿决定兵分三路，两侧堤岸各留一队人马仔细搜索，中间则派人沿着河沟斜坡潜行探察。

他们边走边细心辨认每一处可寻的线索。尽管如此，众人走出了十多里地，也没有发现诸怀的丝毫踪迹。

诸怀的突然出现，无疑给村庄带来了极大的困扰，村民们日常的生活节奏被打乱，许多农事活动被迫中断，而且还要时刻提防着诸怀的骚扰。

要知道，这头怪兽一旦被逼急了，连人都不放过，其恐怖程度令人心有余悸。

尽管困难重重，村民们却并未气馁，他们明白，只有彻底捉住诸怀，才能恢复安宁的生活。因此，一天未找到诸怀，就一天不能罢休。

转眼间已至正午，众人仍一无所获，只得再度聚集在宋成家，共同商议新的对策。

老全提出了一个新的建议：准备一些大铁钉，尖头朝上埋入河底的浅滩，这样一来，如果诸怀再次选择涉水而过，就会因踩到铁钉受创，而无法继续逃窜。

老全的这一提议立刻得到了大家的一致赞同，他们认为这是个值得一试的新方法，或许能助他们成功捕捉到狡猾的诸怀。

八、诸怀进入村子吃鸡

山村的夜晚特别安静，村民们什么娱乐活动也没有，早早的就睡下了。

月亮羞答答地遮住了脸，星星也贪玩去了，整个天空是大片的黑，人出来撒尿都看不见影儿。

村西头的狗突然狂吠起来，打破了这份宁静，村民们还沉睡在梦乡中。一头体型似牛的怪兽，嘴里叼着一只鸡，出现在了巷子里。

那是张二婶家养的肥母鸡，老两口早已熟睡，但门外的脚步声惊动了张老头，他披上衣服，准备开门查看，不

料还没来得及下炕，就听到了自家鸡舍里的惨叫声。

张老头顿时心惊胆战，慌乱中连滚带爬地下了炕，点亮油灯，透过窗户赫然发现外边有一头牛，用一双人样的眼睛在盯着自己。张老头吓得赶紧缩回手，闭紧窗户。

好在张老头听大家描述过诸怀的样子，于是迅速抓起早就预备好的铜锣，用力敲打起来。

深夜的铜锣声格外清脆响亮，它穿透寂静的夜空，瞬间传遍了整个村子，家家户户的狗都被惊醒了，此起彼伏地应和着，汇成了一首犬的大合唱。

被铜锣声吓到的诸怀，下意识地加快步伐，口中仍然叼着那只可怜的母鸡，向门外狂奔而去。

随着这一阵异常的动静，村子里的铜锣声纷纷响起，这是村民们约定俗成的紧急信号，意味着夜间有危险来临，需要大家紧急集合，追捕目标。

片刻之间，火把燃烧起来，村民们举着明亮的火把，匆匆忙忙从四面八方汇聚而来。

这诸怀比狐狸都狡猾，它在羊圈受到两次埋伏袭击以后，知道那里已不再安全，于是改变了行动策略，偷偷摸摸地潜入村庄吃鸡，以为这样就不会有人发觉。但是诸怀不知道，因为它的出现，扰乱了村民的生活秩序，村里的人已经布下了天罗地网，护村队的大部分队员都留守在村里，只留下寥寥数人在羊圈守夜。

诸怀聪明反被聪明误，它落入了村民们预先设计好的陷阱之中。

九、诸怀藏在猪圈里

宋成的感冒这两天已好，他立即投身到了保护村庄的行动中。他站在二婶家门口，仔细清点着集合起来的护村队员们。

为了确保村民的安全，他果断地做出部署，让一部分人把住村口，另一部分人在村里进行搜索。

如果诸怀躲到村民的院子里，伤害了人那就麻烦了。现在的首要任务是一家一户进行搜查，好在村子不大。

几个年轻力壮的小伙在宋成的带领下，手里紧紧握着长矛，随时准备投掷。村子下边的人家已经查过了，大家开始排查村子上边的人家。

村里人住的都是窑洞，每家每户依照地势而建，所有的房子看上去高低不平，错落有致。有的院子大，有的院子小。院子大的人家还种有杏树、枣树，在窑洞里养着兔子，院子里还盖有猪圈。院子小的，只在门口放根石条，太阳出来的时候就坐上面晒太阳。

只剩一家没有排查了，大家紧张的心情越发的紧崩了。

最上面这家是刘老爹家，他家院子特别大，由于坐落在村子的最高处，旁边没有其他邻居，他就把周边平坦的土地一并围了起来。

刘老爹很勤快，既养兔子又养猪，他想挣钱给儿子娶媳妇。刘老爹的老伴因生儿子难产去世了，现在就他们父子俩相依为命。

这两天刘老爹下地伤了腿，在炕上静养，儿子去镇上配药，走了两天了。

山上的人家都没有大门。大伙儿走进刘老爹家的院子，四处察看，突然，宋成察觉到不对劲，但又说不出是哪里不对。他让大伙儿打起精神，步步为营，小心翼翼地向猪圈走去。

突然间，一头体型像牛一样的怪兽从猪圈里狂暴窜出，直扑向一个青年小伙，小伙敏捷地躲闪开去。

另一个青年惊呼道：“这是诸怀！”

众人定睛一看，诸怀的眼中透出令人胆寒的光芒。

宋成毫不犹豫地把长矛投了出去，击中了诸怀的身体，它发出了一阵雁鸣般撕心裂肺的哀嚎声。

就在人们震惊之际，诸怀迅速逃离了现场，只在地上留下了一串细小的血迹。护村队员们紧追不舍，一场与诸怀的生死追逐再次上演……

十、诸怀死了

村民们沿着血迹，快速追踪到了村边的大沟。

大伙儿凝神望去，只见原本凶猛无比的诸怀，此刻已倒在了水里，曾经让人望而生畏的双眼已经闭合，再也无法发出任何的威胁。

在高高的堤岸上，老全正用烟锅抽着烟，旁边还站着两个护村队员。

老全听到锣声和狗叫声后，回想起从前的情景，就知道村里发生了紧急情况，他迅速回忆起村长叮嘱的话语：一旦发现诸怀侵入村子，必须立即集合，设下埋伏，其他任何事情都可暂时搁置不顾。

紧接着，村里传来了激烈的铜锣声，这无疑证实了大伙儿正在全力围捕诸怀。老全心中明白，如果村里堵不住诸怀，这条大沟就是诸怀的必经之路。在听到铜锣声的瞬间，老全与两名护村队员毫不犹豫地向大沟狂奔而来。

他们气喘吁吁地抵达后，没有丝毫停歇，迅速隐蔽到堤岸上一棵参天大树的后面。

一阵地动山摇般的震动传来，他们发现诸怀正怒吼着狂奔而来。它眼神凶狠，脚步如雷，到达岸边后，它毫不犹豫地跳入水中。片刻的工夫，只听得一声撕心裂肺的惨叫，诸怀那健硕的牛脚正好踏在了水底预埋的铁钉之上。

巨大的痛苦使得诸怀在水中剧烈挣扎，翻腾不已，激起层层水花，场面惊心动魄。

隐藏在暗处的老全及护村队员，毫不犹豫地举起了手中的三杆长矛，瞄准了正在水中痛苦挣扎的诸怀。伴随着诸怀撕心裂肺的惨叫，一支长矛插进了诸怀的脑袋，另两支长矛则插进了诸怀的肚子里。

整个世界仿佛在那一刻静止了，诸怀终于死了！

大家听完老全的叙述，高兴得叫了起来，都为宋成的两手准备叫好。遇到棘手的事情，不慌不忙，相互照应，同心协力，这样事情就能办成功。

早上的太阳照着大地，洒在大家的身上，暖暖的，大地一派勃勃生机。树上不知道什么时候站了几只喜鹊，叽叽喳喳地叫着。

只听得宋成高声说道："走，今天中午喝酒庆祝！"大家都高声答道："好。"

欢笑声在天空中飘荡着。

带来好运的独角兕

兕 《山海经》之海内南经

原　文 兕在舜葬东，湘水南，其状如牛，苍黑，一角。

译　文 兕在帝舜墓地的东面，在湘水的南岸。兕的形状像普通的牛，通体青黑色，长着一只角。

一、兄弟俩央求哥哥带他们上山

“哥哥，我也去。哥哥，我也要去。”

大哥乔健刚出院门，就听到二弟乔永说着话跟上来了，接着三弟乔明的声音也传进了耳朵。

乔健转过身对着两个弟弟说道：“我不是不让你们去，只是今天我要去的地方比较远，很晚才能回来。等到下回去比较近的地方，我再带你们俩过去。”

“我不怕，我已经长大了。”乔永说道。

“我也不怕，我也长大了。”乔明说道。

乔健看着兄弟俩恳求的目光，不由得笑道：“那好吧，

你们回屋里跟爹娘打声招呼。”

“好。”两兄弟异口同声欢快地答应着。

这座山叫祷过山，山脚下住着五户人家，以打猎和采药为生，乔健一家就是其中的一户。

乔健今天要去山上挖广地龙，这是一种巨蚓科动物，有点像蚯蚓又不是蚯蚓，喜欢栖息在烂草堆、腐烂的枯枝落叶和牛马的粪便中，喜欢安静的环境，最怕嘈杂。

这种动物还是一味药材，能够改善血液循环，通经活络，祛风止痛，对风湿、类风湿性关节炎都有显著疗效，非常受药铺欢迎。

两兄弟从屋内出来，带足了干粮和水，跟着哥哥向山上走去。

阳光很暖，照着一望无际的绿色植物。偶尔有鸟飞过，抬头看到的是蓝得不能再蓝的蓝天，非常纯净，不带一点儿杂质，让人的眼睛舒服至极，使人的心如同平静的湖水，不起波澜。

劳动是辛苦的，劳动也是光荣的，用自己的手养活自己，是很骄傲的一件事。二弟是这么想的，三弟也是这么想的。

用了大约两个时辰，他们走到了大山深处。老二乔永和老三乔明很开心，这是大哥乔健第一次带他们走这么远，还教他们辨识新的药材。

他们走走停停，一会儿就来到一座大山的崖壁前。乔健把背篓里的绳索取了出来，准备用绳索一端的铁爪套住岩缝，另一端绑在自己身上，攀上去采摘草药。这种草药不好采但很珍贵，也能为家里换来更多的钱财，让父母高兴一点，让生活过得更好一点。

乔健嘱咐两个弟弟不要走远，就在附近寻找药材，他把绳子“嗖”的一声扔了上去，准备往上攀爬。

突然，一阵吼声从山顶上的树林里传来，像打雷一样，受惊的动物从四面逃窜，老二乔永和老三乔明也被这声音吓得快速跑到乔健跟前。

乔健也有点发蒙了，以前从来没有发生过这样的事。他定了定神，安慰了弟弟们两句，就继续上去采摘了。

吼声又响了起来，这次更响更洪亮，可放眼望去，什么也看不到。为了安全起见，乔健决定先带弟弟们回家。

二、村里的老爹坐一块儿喝酒

乔健回到家里，把山上发生的事告诉了爹娘。爹娘商量后，决定把猎户们召集到一起，商量解决办法。

晚饭时，大伙儿都来到了乔健家，乔爹爹和几位爹爹一边喝酒一边商量事情，孩子们在一块儿玩耍，女人们则在一边拉着家常。

这四户人家，一家姓张，有两个儿子一个姑娘。一家姓王，有一个儿子，两个姑娘。还有一家姓刘，有两个儿子，没有姑娘。最后那家姓李，两个儿子，两个姑娘。别看这个小村落只有五户人家，但是人丁兴旺。

这里面最有能耐的，当数李爹爹，早年他走南闯北，后来因一些事情才落脚到这里，他能识文断字，见识最多，他的主意也最多，是大伙儿的主心骨。

刘爹爹是有名的弓箭手，天上飞的，地上跑的，只要被他碰上，都会成为他的囊中之物，他喜欢打猎胜过采药。而王爹爹正好跟刘爹爹相反，他喜欢采药胜过打猎，喜欢钻研药书，这里的大人孩子若有个头疼脑热，全是王爹爹给治好的。

张爹爹的绝技是脚力，他的腿仿佛飞毛腿，别人需要两三天才能走完的路程，他一天就能打个来回。去镇子上采购生活用品的，基本上都是张爹爹来承担的。

乔爹爹最大的本事是攀岩，只需一根绳索，再高再陡的山都拦不住他，只要他想上，就一定能爬到顶上。

喝酒喝到尽兴时，事情也商量完了，大伙儿决定一起去发出吼声的地方看看。

三、大伙儿一块儿来到山上

早上起来吃过早饭，乔爹爹带着儿子乔健，刘爹爹带着儿子刘贵，李爹爹带着儿子李前，张爹爹带着儿子张启，王爹爹带着儿子王文，十个老少爷们儿出发了。

天气阴阴的，没有太阳。上山的路途虽远，但因为天气阴凉，一路走来，身上反而没有出汗。

“也不知道到那能不能看到这怪兽。”张爹爹说道。

“这可说不准，也许去了就碰上了，我一箭把它放倒，咱们回去正好喝酒吃肉。”刘爹爹爽朗地说笑着，回应张爹爹的话。

“这怪兽要是能入药，那咱们可就发大财了。”王爹爹笑眯眯地说着。

“谁知道今天能见着还是见不着，看把你们乐的，好像已经逮到了一样。”乔爹爹也调侃道。

大伙儿有说有笑一路前行。到了山崖下，李爹爹让大家都把弓箭取下来，拿在手里，随时防备怪兽的出现。

乔爹爹在山脚下，向四周看了看，什么也没有发现，便把绳索从肩上取下，只听“嗖”的一声，铁爪便挂在了岩石上，他准备攀上去看看山顶的情况。大家在山脚守候着，乔爹爹拉着绳索一步一步攀了上去。

山顶全是树林，遮天蔽日，不见阳光，感觉有一层水汽在头顶浮着。整个山林很静，静得让人感到孤独。

“上边什么情况？”刘爹爹用手举成一个小喇叭状，高声喊着问乔爹爹。

“什么也没有，我现在就下去。”乔爹爹回应道。

这山的后面是山坡，可以通到山顶，大伙决定从后面的山坡爬上去。大人和小伙子都端着弓箭，大人们排一行，小伙子们排一行，警觉地行进着。

四、没有看到怪兽出没

野鸡从树林中跑过，刘贵对着鸡叫的方向就是一箭，一只野鸡倒下了。

小伙伴们给刘贵竖起了大拇指，年轻人里就数刘贵的箭法好，不愧是龙生龙凤生凤，刘爹爹箭法好，生个儿子箭法也是顶呱呱的。

一匹野狼从他们背后跑过，王文的箭瞬间射了出去，只听得狼嚎在空旷的树林里响起，如同石破天惊一般让人震撼，小伙伴们缓过神，狼已无影无踪。但即便如此，也没有惊动到怪兽。

狼叫过后，仿佛一切都被瞬间抽空，树林又迅速回归到原有的静谧中，只有微风吹过树叶的沙沙声，仿佛在空气中低语。

这时刘贵心中满是疑窦，他紧盯着乔健，眼中闪烁着困惑与质疑，对乔健提出了心中的疑问，道：“是不是你那天太紧张以致于产生了幻觉？实际上根本就没有怪兽这么一回事。”

乔健听后，坚定地回应道：“确实发生的事情，我为什么要故弄玄虚呢？”

刘贵摆了摆手，试图缓和气氛，解释道：“我是觉得，你会不会听错了，也许你误听了什么。毕竟，这样的事情太过匪夷所思，我并没有别的意思。”

此时，王文适时地站出来打圆场，他的声音带着深思熟虑后的慎重，道：“咱们现在宁可信其有，不可信其无。万一真有怪兽存在，哪天我们之中有人单独出去采药或打猎，遇到它可是极其危险的。”

张启也紧跟其后附和道：“没错，没错！我们就一边打猎一边仔细寻找，这样既能保证日常的生活所需，又能时刻保持警惕，两不耽误。”

李前听到这个提议，连连鼓掌赞同，道：“这个主意好，我们就这么办吧。”

几位经验丰富的老爹走在最前边，一言不发地认真聆听着周围的动静。听到小辈们在后面吵吵闹闹，讨论得热火朝天，他们只是回头看了一眼，又继续往前走。

一头野猪从一片林子里窜了出来，把张爹爹吓了一跳，差点跌倒。他扶住树干，看那野猪张开嘴，露出尖锐的獠牙，跟他对视着。

这头野猪看上去有两米长，一米高，灰褐色的毛发，一脸凶恶的样子。

只见乔爹爹快速把张爹爹从地上拉起，从腰间抽出短刀扑了过去，野猪也毫不示弱，咆哮着冲了过来。大伙都聚在一起没有散开，这限制了刘爹爹射箭。

“大家都往我身后跑。”刘爹爹一边快速移动身体，一边喊道。说时迟那时快，在大家躲开的一瞬间，刘爹爹的箭射了出去，野猪瞬间倒在了地上。

大家走过去，发现野猪还没有死，瞪着两只眼睛，四腿乱动，乔爹爹又上去补了一刀，这下它才彻底不动了。

大伙儿既是猎人又是采药人，个个都有好身手。

五、发现了怪兽的粪便

晌午到了，大家还是没有碰到怪兽。大伙儿也累了，又打了这么大一头野猪，他们准备吃点干粮早点回去。

乔健还是有点不甘心，决定趁大家休息的工夫，再四处转转。

他手里拿着弓箭，小心地朝另一个方向走去，大概也就是一袋烟的时间，他发现了一堆粪便，这粪便一个就有脸盆大，像牛拉下的屎，一堆一堆的，但比牛屎大多了。

乔健从粪便判断，这怪兽肯定奇大无比，于是，他赶忙起身返回去。

把发现粪便的事给大家说了一遍。李爹爹判断，这怪兽应该就在附近，只是今天没有出来走动。大伙儿急忙站起来，朝乔健说的地方走去。

除了粪便，周围还是没有动静。大家沿着不同的方向搜索。大约一个小时后，张爹爹朝大家喊道："你们快过来，这里有脚印。"

大伙都围了过去，看到地上有清晰的大脚印，沿着脚印往前又寻了一段路，他们发现了一个山洞。

这个山洞在一个山坳里，四周的藤蔓和树木把它遮掩得严严实实的，如果不是走到洞前仔细辨认，是很难发现的。

大伙儿结伴向洞里走去，没走两分钟，一阵吼声带着狂风，从洞里吹出，将大伙儿从洞里吹了出去。

好在都是常年打猎的人，换作普通人，早就吓得尿裤子了。大伙儿都惊魂未定，一个个匍匐在地上，藏在树的后面。

大伙儿在外面等了半天，也没有看到怪兽出来，快到黄昏的时候，李爹爹决定让大家回去，这两天先不要上山采药、打猎，等天气放晴了再一同上山。

六、房子那么大的怪兽

过了四五天，太阳出来了，阳光让人觉得心情倍爽，大家吆喝着，还是上次的队伍，小的一伙，老的一伙，跟着一块儿上山了。

大伙儿刚到山崖下，就听到了吼声。那声音洪亮而恐怖，好在已经有上次的经历，大伙儿的心里也没有那么恐惧了，想的是如何把怪兽制服。

李爹爹下达命令：从后山上去，左边一排，右边一排，把人分成两支小队，左右同时攻击。

大伙儿小心翼翼的，每一根汗毛都竖了起来，所有的眼睛都时时盯着前方。

怪兽走路的声音响了起来，“咚，咚，咚。”“过来了，过来了。”乔健喊道。

大伙儿甚至能感觉到地在颤抖，王文的手上全是汗，张启的手上也出了汗，刘贵拿着弓箭，眼睛瞄着准星，一动不动，看不出有一丝慌乱。

移动的怪兽太大了，有一间小房子那么大。怪兽缓慢地向前走着，看它往前走的方向，似乎想要去没有树木遮挡的山坡上。看来这怪兽喜欢阳光。

大伙儿都把弓箭举了起来，就等怪兽靠近。然而奇怪的事情发生了，怪兽站在了原地，一动不动，两只大耳朵倾听着声音。虽然大家距怪兽很远，但还是能看清它的整个轮廓——形状长得像犀牛，体态肥硕笨拙，头部硕大且狭长，脖子短粗有力，四肢短小粗壮，尾巴又细又短，皮肤紧实而粗糙，整个身体呈青黑色。鼻子前方长有一根既带有威慑力又富有神秘色彩的独角，角身粗长，朝天弯曲，角尖尖锐无比，让人望而生畏。

七、李爹爹告诉大家这是瑞兽

李爹爹示意大伙儿保持安静，待在原地，自己则轻手轻脚地向前探了几步。

他仔细端详着在树林深处的怪兽，那是一只他们从未见过的怪兽，体型庞大，身上闪烁着神秘的光泽。

李爹爹观察片刻后，回头对大伙儿做出了一个意想不到的指示：“都把弓箭放下来吧。”

他慢慢地退回了原地，大伙都七嘴八舌地问怎么回事。

李爹爹向大家解释道：“这种怪兽的出现，并非什么凶兆，反而是吉祥的征兆。早年间我在外闯荡的时候，听说过关于它的传说。这种动物叫兕，它的出现，预示着附近有宝物，或者将有吉祥之事降临。”

然而王爹爹对此却持保守态度，他皱眉回应道：“李哥，你说的这个虽然听起来挺玄乎，但毕竟只是道听途说的故事，实际情况如何，谁也拿不准。而且看这兕的样子确实让人胆寒，万一它发起攻击伤了人，那可就不是小事了。”

张爹爹紧接着附和道：“如果真如你所说，它是吉祥之兽，我们贸然伤害它不仅于情不通，恐怕还会招致不好的后果。”

刘爹爹则显得更为理智与审慎，他赞同道：“我看咱们还是先观察一下情况再说，没有必要现在就采取激烈的行动。”

经过一番讨论，大家都觉得刘爹爹的话颇有道理，于是决定派出一个人去试探性地接近兕，摸清其习性和意图。

这时乔健自告奋勇，主动请缨，表示愿意上前去和怪兽接触。

只见兕停了一会儿，又缓慢从容地向前走去。乔健鼓足勇气，也从藏身处走出，一步一步小心翼翼地靠近兕。

奇怪的是，面对乔健的接近，兕并没有表现出任何敌意，它只是从口中发出一连串低沉而古怪的咕噜声，一双明亮的眼睛紧紧盯着乔健。

当它发现乔健并无恶意，而且没有进一步举动时，它竟然转过身去，慢悠悠地走回了森林深处。

这一系列反常的行为，令在场的所有人都惊讶不已，纷纷陷入了深深的思索和揣测之中。

兕为何会如此表现？它的出现究竟意味着什么呢？这

个问题像一个谜团，萦绕在大伙儿的心头，等待着时间来为他们揭开答案。

八、大伙儿讨论兕是否会伤害人

大家看到兕缓缓离去，感到很诧异。兕嘴里的声音代表着什么？为什么没有伤害人？是不是它天生与人为善？这些问题都困扰着大家。

众人围绕着兕刚才的行为，展开了热烈的讨论。

张爹爹首先发表意见："至少现在看来，兕并没有伤害我们的意图。"

王爹爹则谨慎地补充道："但这并不能保证它以后不会有所改变，毕竟怪兽的行为难以捉摸。"

乔爹爹深思熟虑后也加入讨论："如果兕性情暴躁，那么它绝不会轻易让人靠近，更不会如此平静地离开。"

刘爹爹则将注意力集中在兕发出的那串奇怪的声音上："最让我觉得不可思议的是它的叫声，听起来仿佛有种安抚人心的力量。"

大家你一句我一句，各抒己见，讨论着刚才发生的事。每个人都在试图从刚才的情境中找到线索，揭开兕的真实面目。

每个人都有自己的见解，但每个人的说法又不充分，缺乏足够的证据来支持。李爹爹听着大家的分析，他沉默着，思考着如何带领大伙儿应对这种前所未有的状况。

刘贵摆弄着他的弓箭，这弓箭是他的最爱，他没事的时候，总会从身上拿出一块布，给弓箭擦拭，每一次擦弓箭的动作，都显得极为细腻又虔诚。

王文则翻开随身携带的草药书，借研读知识来排解心中的疑惑。

张启看着头顶飞过的蝴蝶，一次次伸手去捕捉，但都一次次落空，始终无法如愿。

李前蹲在地上，随手扯起地上的绿草，正灵巧地编织着一只蚂蚱，试图将其塑造得活灵活现。

乔健靠着一棵树，独自坐了下来，满脸沮丧和懊恼，对自己刚才面对兕时未能解开谜团而感到自责。

李爹爹把大伙儿叫了过去，围成一个圈，他的目光扫过每一个人，严肃而又坚定地说道：“我以前听一位老人讲过，如果兕发出咕噜的声音，说明它对你有好感。我们现在需要做的是，保持耐心找到兕，再次聆听它的声音，并努力理解其背后的用意。

“倾听它的声音，然后弄懂它的用意。我们就按照这个思路，立即行动起来，找到兕，验证一切说法。”

李爹爹的话语掷地有声，他的提议迅速得到了所有人的认同和支持。

九、兕给大伙儿带来了财宝和快乐

大伙儿一会儿就来到了兕出入过的洞口，洞口石壁上长满了青苔，显得古老而神秘。

洞里的空气带着一丝凉意，这表明洞内有通风口，可能通向其他地方。

为了确保安全，大伙儿决定先派经验丰富的李爹爹和刘爹爹进入洞穴，其余的人则在洞口等候，以防万一，这样至少可以保全大部分人的安全。

李爹爹和刘爹爹没有携带弓箭，但都背着一把裹在布里的大刀。他们明白，不到万不得已，不能轻易使用武器。他们深吸一口气，手挽着手，踏入了黑暗的洞穴。

洞穴内部出奇地大，仿佛一个天然的巨型石室。走了约百十米后，一道天然形成的台阶赫然出现在眼前，共有二十多级，台阶不规则，每级都很宽，虽然高但不陡。

他们一步步往上走，可以听到细微的水声，但看不到水。显然，下面有一条暗河。

越往里走，光线越昏暗，几乎看不清人脸。李爹爹和刘爹爹商议片刻后，决定继续深入。

奇怪的是，如此巨大的洞穴内，竟空空如也，没有植物和动物，显得格外静谧、神秘。

又经过一段时间的摸索，就在他们即将到达最高处时，一个下坡出现在他们眼前。他们听到了清晰的流水声，空气也变得清爽起来。

前方终于出现了明亮的阳光，宛如从洞外直射而入，照亮了昏暗的洞穴。头顶露出一片蓝天，清新的空气取代了先前潮湿的气息，让人顿感舒畅。

就在这时，他们看到了兕，它正悠闲地躺在一块巨石上晒太阳。

李爹爹和刘爹爹慢慢靠近它，它见到两人，并未惊慌，反而从容起身。

李爹爹心怀敬意，举手向兕作揖，兕晃着大脑袋，点头回应，似乎能感知到他们的善意。

随后，兕发出一阵咕噜咕噜的声音，这一次，李爹爹有所准备，他闭上眼睛，用心倾听，将兕的咕噜声在他的脑波中转化为文字：我们做朋友吧。

这咕噜声是兕发出的友好信息，大伙儿差点误会了它。

此刻，他们明白了沟通和倾听的重要性。虽然很多人都知道倾听的重要性，但真正能做到专注倾听、理解他人、实现心与心交流的人并不多。

如果能够真正掌握倾听这门艺术，做事就会更加出色，甚至会收到意想不到的惊喜。

李爹爹和刘爹爹专心地听着兕说话，在宁静且专注的状态下，他们的脑波清晰地接收到兕所表达的内容。

兕告诉他们，它来这里是为了守护金子和玉石。看到李爹爹和刘爹爹这伙人既和善又虔诚，兕决定送给他们一些金玉作为礼物。

李爹爹激动地跑到洞口，把这个好消息告诉了大家。大伙儿高兴得手舞足蹈，纷纷跟随他来到洞内，来到兕的身边。

在一片欢声笑语中，兕带领着大家一起向洞外走去，走向新的希望和未来。

附录

生僻字词注音解释：

豕（shǐ）：猪

冉（rǎn）遗鱼：上古传说中的怪鱼。

朏朏（fěi）：古代神话中长得像猫的神兽。

踽踽（jǔ）：形容独自走路孤零零的样子。

鱄（tuán）鱼：古代传说中的怪鱼。

鸪（gū）鹨（xí）：鸟名。

红脚鲣（jiān）鸟：红脚白尾的海鸟。

诸（zhū）怀：古代神话中的怪兽。

兕（sì）：一种外形类似犀牛的神兽。